ことのは文庫

海辺のカフェで謎解きを

～マーフィーの恋の法則～

悠木シュン

JN102581

MICRO MAGAZINE

"If it can happen, it will happen."

「起こる可能性のあることは、いつか実際に起こる」

マーフィーの法則より

Contents

一章 婚約をした日に素敵な人に出会う …… 6
二章 全ての問題は、より大きな問題とだけ交換することができる …… 56
三章 いつでも止められるものほどいつまでも止める気にならない …… 108
四章 母親は〝こんな日もあるさ〟と教えてくれたけど、こんなに多いとは聞いていない …… 170
五章 謎が多すぎるときほど真実はあっけない …… 208
最終章 父親とは娘の恋人がどんな相手であっても気に入らない …… 242

『キッチン・マホロバ』は、海沿いに建つ小さなカフェで、なぜかちょっとだけ困った人たちばかりがやってくる。

「マホロバ」とは、〝すばらしい場所〟という意味の日本の古語らしい。

その名の通り、とても居心地がよく、僕の大好きな場所だった。

この物語の続きをどこから話そう？

そうだ、あの謎の答え合わせがまだだったね。

僕の推理が正しかったか、確かめてみようか。

その前に、ちょっとだけ店の近況を聞いてほしい。

海辺のカフェで謎解きを

～マーフィーの恋の法則～

一章　婚約をした日に素敵な人に出会う

薄紅色の桜が静かに淡く咲く。

柔らかい空気と硬い樹々の隙間からこぼれる太陽の光が心地いい。顔を上げると、鼻先にちょこんと桜の花弁が載った。

——なんかいいことあるかも。

そんな予感を胸に店の扉を開けた。

目の前には、二人の男がいる。カウンターを挟んで一人は座っていて、もう一人は立っている。座っている男の顔は見えないが、立っている男は満面の笑みを浮かべていた。前者は皿を出された男で、後者は皿を出した男。

気配を消し、そっと近づいて様子を見守ることにした。

「今日こそ決まってくれよ」と祈りを込めて。

カウンターで、貪るようにアボカドベーコングラタンチーズバーガーを食べている男の横顔を見つめる。痩せた男で、肌は浅黒く眼光が鋭い。立派な鷲鼻に、フリーダ・カーロを思わせるようなカモメ眉をしていた。大きなリュックサックは、いかにも旅行者という出で立ちで、僕は思わず「オーマイガー」と頭を抱えた。

はむっはむっと、バンズを噛みしめる音が店内に響く。男の手から肉汁がしたたり落ち、レッドオニオンがぼろぼろとテーブルにこぼれていく。はきはきとした受け答えで、印象は悪くなかった。だけど……。

アルバイト募集の貼り紙をして三週間が経つ。兄貴が「せっかくだから、うちの料理でも食べて行ってもらおう」と言い出し、面接希望者全員にふるまうことになった。電話口で「お腹すかせて来てください」なんて言うものだから、希望者が後をたたない。たとえそれが、お腹をすかせた大学生でもアルバイトなんてする気もない海外からの旅行者でも構わないというから呆れた。

カモメ眉の彼は、カタコトの日本語で「ボクのマエナはファンです」と言った。一瞬、〝前田のファン〟ってどういうことだろうと思ったけど、しばらくして名前がファンだと理解した。

「日本に滞在するのはどのくらいですか？」「旅行ですか？」「留学ですか？」「日本語はわかりますか？」ｅｔｃ……。男は、全ての質問に「ハイ」と元気よく答えた。

カモメ眉くんは、ニカッと白い歯を出して「ごちそうさまでした」と礼を言うと、面接の合否も訊かずに出ていった。

人懐っこい笑みには騙されないぞ！　これで何人目だよ！

僕の苛立ちに、兄貴は、まあいいじゃないかと余裕の笑みを浮かべる。

『キッチン・マホロバ』は、僕――水城成留《みずきなる》――と兄の海人《みなと》の二人でやっている小さなカフェで、福岡県の北西部に位置する愛島《いとしま》という町にある。兄貴が店長兼シェフで、僕はホールを任されている。元々は母ちゃんが一人でやっていた店を兄貴が譲り受け、僕は大学に通う傍ら手伝っているという感じ。

といっても、店を開けるのは久しぶりなんだけど。

去年の台風で店が半壊し、半年近くも閉めていた。修繕費は数百万にも及び、一時は閉店も考えた。業務用冷蔵庫もオーブンも浸水で使い物にならなくなり、壁を覆っていたたくさんの本も雨風にやられた。僕も兄貴ももうダメだろうと諦めかけていたところに、救いの神が現れた。母ちゃんの知り合いが修繕費を半分肩代わりしてくれたのだ。

他にも、この店を復活させるためにたくさんの人が手伝ってくれた。本集めに奮闘してくれた中学生とか、ＳＮＳで呼びかけてくれた女子高生とか、応援ソングを歌ってくれた大学生とか。

おかげで、以前よりもお客さんの数が増え、僕一人ではどうにもホールが回らなくなってしまった。そこで、アルバイト募集に至ったというわけだが、一向に条件に合う人が見つからない。そもそも、本気で探す気なんてあるのだろうか。採用条件は、〝融通の利く人〟というなんだかよくわからないもの。

季節は春を迎え、ここへ来る人たちの表情もみな明るい。僕は大学二年生になった。

「今日、バイトの面接、何人来た？」

「彼で、三人目だ」

兄貴は、ディナーの仕込みで忙しいらしく、僕の顔を見ずに答えた。

「いつまでこんなこと続けるの？　うちは、慈善事業じゃないんだよ」

「みんなのおかげで再開できたんだ。このくらいしなきゃな」

兄貴の理論では、美味しいものは人を幸せにする。その幸せは連鎖し、最終的には世界平和に繋がるらしい。冷静沈着、完璧主義、効率優先、時に厳しいのが本来の兄貴の姿だったのに、ここ半年でずいぶんと丸くなった気がする。

一見、優男風に見えるのは、甘いマスクのせいだろう。今年三十歳にはとても見えない若々しさと爽やかさ、そして何より清潔感が兄貴の最大の魅力だと女性客は言う。

「じゃ、アルバイトは探す気ないってこと？」

「それはまた別の話だよ」

ふう、と短いため息が漏れる。何か、考えでもあるのだろうか？

「融通が利く人が見つからなかったら、僕の負担が増えるだけなんですけどー」

ぼやきながら時計を見ると、四時だった。お腹がぎゅるるると鳴る。ランチタイムは猫の手も借りたいほどに忙しく、昼食をとる暇もなかった。おまけに、買い出しまで行かされたものだから、せっかくのブレイクタイムが潰れてしまった。

「さっさと、食べろよ」

兄貴がチキンカレーをよそってくれた。真ん中には、目玉焼きが載っている。僕がカウンターの椅子に腰を下ろすと、マーフィーが籠からそろりと出てきた。うちで飼っている黒猫だ。店が忙しいときは天井から吊るされたアタ籠の中でじーっと息を潜めている。以前ほどの機敏さがないのは、現在妊娠中だからだと思う。最初は、ちょっと太ったかなという程度だったが、徐々に膨らんでいくお腹を見て確信した。冬の終わりのぽかぽかと暖かい日には、うぉううぉうという雄叫びを上げていたっけ。きっと、あれは発情期だったんだろう。

ご機嫌をうかがいにきたのか、遊んでくれとせがんでいるのか、僕の足元を8の字にぐるぐる回っている。しばらくすると、スニーカーの上にふせっておとなしくなった。妊娠の影響なのか以前よりも甘えてくることが多い。前足で顔を掻くと、シャランと鈴の音が鳴った。兄貴の娘であるマホちゃんが作ってくれた首輪についた鈴だ。紫色の毛糸で編まれたシンプルなそれは、黒猫のマーフィーによく似合う。

「いただきます」

スプーンの背で目玉焼きの真ん中を軽く押してやる。半熟チェックってやつ。まだ、黄身はつぶさない。端の方からルゥーを掬ってご飯と一緒に頬張る。スパイシーでフルーティーなサラサラのルゥーが最高にうまい。皿を持ち上げて、そのまま喉に流し込みたいくらいだ。大きめにカットされたチキンは、舌の上でほろりとほぐれた。

小瓶を冷蔵庫から取り出す。母ちゃん直伝の自家製ラッキョウ漬けは唐辛子とお酢が利いていて、いいアクセントになる。一番大きなラッキョウを口に入れて一気に噛む。しゃきしゃきの食感がたまらない。お口を一旦リセットして、儀式に取りかかる。名付けて〝島崩し〟。真ん中の目玉焼きを傷つけないように周りから攻めていって、最後に黄身にスプーンを入れる。とろーっとルゥーの上にかかったところを豪快に掬って口に入れると、また新しい味が楽しめる。まろやかな旨みが舌に絡みつく。

うちの店では、愛島産の「つまんでみ卵《らん》」というブランド卵を使っている。つまんでも黄身がやぶけないというのが特徴。

「やっぱり、食べづらいよなぁ」

「何が？」

「アボカドベーコングラタンチーズバーガーだよ」

食べづらいの前に覚えにくい。

「まあ。ボリューミーでフォトジェニックなところを売りにしたいわけだから仕方がないといえば仕方がないと思うけど」

やれやれと、食べ終わった食器を片付ける。

インスタでよく見る、なんとかバーガーと名の付くものはたいてい食べにくそうだ。美味しそうなのが伝わってくる一方で、これどうやって食べるんだろうというバカでかいものばかり。

兄貴が面接希望者にふるまっているアボカドベーコングラタンチーズバーガーは、高さ十五センチもある。バンズだけでもかなり分厚いのに、アボカド丸ごと一個とパティ二枚とベーコンとチェダーチーズが入っている。バーベキューソースとベシャメルソースがたっぷりかかった甘くて濃厚な食べ応え満点の一品。カロリーなんて気にしている女子は絶対に食べてはいけないモンスター級の食べ物だ。まだ試作段階で、正式なメニューにはなっていない。デビルバーガーという名称で出した方がウケはよさそうな気がする。

「もしかして、試食目的で面接やってるの？」

「まあ、それも兼ねて」

兄貴は、ちょっと顔をにやつかせた。

「何か考えがあるなら教えてよ」

「べつに。融通の利くバイトを見つけるのが最優先だよ。新商品の試食はついでみたいなものだ」

どっちがメインでどっちがついでなんだかよくわからない。

「僕は、感じのいい人で仕事がてきぱきできる人なら誰でもいいんだけど」

「週二勤務で土日祝日は絶対休みたいって人でもいいのか？」

「それは、困るよ。土日は絶対入ってもらわないと」

「だろ？　融通利く人、求む」

そう言うと兄貴は、デザート用の苺のババロアをショーケースに並べ始めた。


ディナータイムに入るなり、すぐにお客さんが入ってきた。夜は、地元の人たちの集会場となることが多い。アルコールは、ビールとワインくらいしか置いていないのに、居酒屋感覚で集まってくる。

店の内装も以前と少し変わった。本棚で覆われていた壁をなくし、海が見える作りにした。本棚は特注でスライド式にしてもらったおかげで、たくさん収納できるうえに圧迫感がない。店が広くなったことでテーブルの数も増えた。テラス席も新たに作り直し、出入りもスムーズになった。以前は、カウンターの横の狭い通路を通らなければ出られなかったのだけれど。

ふと、テラス席の方に視線をやる。胸の奥がきゅっと鳴った。残像のように残る人影に思いを馳せる。あそこにいつも座っていた人——紫《ゆかり》さん——が恋しくて懐かしくて愛おしい。半年前にこの町を去っていったきり、彼女とは連絡を取っていない。元々、ただのお客さんとして店を訪れただけの人だから、連絡の取りようがないのだけれど、やっぱり忘れられない。告白すらできなかったくせに、未だ彼女と過ごしたあの夏の記憶にすがっている。

「ねえ、メイプルシロップとはちみつってどう違うの？」

僕のセンチメンタルな思いを一瞬で壊してきたのは、お団子頭がトレードマークの常連客だった。ひまわり荘という下宿のおかみさんだ。年齢は、うちの母ちゃんと同じくらいだから還暦に近いんじゃないだろうか。

ひまわり荘は、学生や単身者の間借りのほか、長期滞在の旅行客なども利用している施設で、けっこう人気がある。僕たちがこの町へ引っ越してくるちょっと前に、自宅を改装して下宿屋を始めたらしい。昭和レトロを感じさせる情緒溢れる建物が、いい雰囲気を醸し出している。牡蠣《かき》小屋のオーナーなどもやっていて、かなり景気がいい。

おかみさんは、仕事終わりにうちでデザートを食べるのが日課となっている。最近のお気に入りは、バナナパンケーキにたっぷりのメイプルシロップをかけて食べること。働き者のおかみさんは人一倍体を動かしているせいか、昔からどんなに食べても太らない。日焼けした肌にマリメッコのカラフルなエプロンがよく似合う。竹を割ったような性格、という表現がぴったりの人物でみんなから愛されている。笑顔がチャーミングで、面倒見がよい。若い頃はかなりモテたという噂だ。

「メイプルシロップは、カエデ属の樹木から採取できる樹液を濃縮したもので、はちみつは花の蜜をミツバチが採取して分解・濃縮させたものです」

兄貴がさらりと説明する。

「似たような味だけどねぇ」

「じゃ、食べ比べてみますか？　こっちは、愛島産のはちみつです」

兄貴が小瓶を取り出して、カウンターに置いた。

「へえ。愛島産のはちみつなんてあるんだ」

そう言うとおかみさんは、小瓶の蓋を開け、スプーンですくってバナナパンケーキの上にかけた。すでにメイプルシロップがたくさんかかっているところに、追いはちみつときた。べちょべちょのパンケーキをフォークで刺して口いっぱいに頰張る。

「ああ。なんか、はちみつの方がネバッとしてるわね。舌に絡みつく感じ。どっちも美味しいけど」

んふふと頰を緩ませ、次々に口に入れていく。幸せそうな顔。僕は、思わずつられて口を開けそうになった。あーん、とね。

「そうそう。あんたたちに、ちょっと聞いてほしいことがあるの」

アイスコーヒーをストローで啜《すす》りながら、僕と兄貴の顔を交互に見つめた。

「なんすか？」僕が訊いた。

「うちの下宿人同士のトラブルなんだけどさ、どうにかならないものかと思って」

「ちょっと待ってください」

兄貴がオーブンからグラタンを取り出すと「一番に」と促した。一番席は店に入ってすぐ右手の窓側の席で、見晴らしが抜群だ。文字通り一番の特等席になっている。

ここ最近、ほぼ毎日予約が入っていて、それも、毎回同じお客さんなのだ。予約してくる人は他にもいるけれど、わざわざ席指定までしてくる人は滅多にいない。彼の名は、ナオスミさん。一度、カウンターに案内しようとしたら断られた。よほど、この席が気に入っているのだろう。ティアドロップのサングラスに黒いスーツという厳《いか》つい風貌に最初は驚いた。持ち物全てが黒で統一されていて、フィクションの中の殺し屋みたいな雰囲気がある。そんな強面な彼だけど、料理をテーブルに置くととても丁寧にお辞儀をしてくるので、僕は勝手に〝直角《ちょっかく》さん〟と呼んでいる。

「ごゆっくりどうぞ」と、ついついこちらも深々と頭を下げたくなってしまう。

カウンターに戻ると、おかみさんは苺のババロアを食べているところだった。

「さて、店も落ち着いてきたところですので、お話を聞かせてください」

兄貴がこめかみを揉みながら笑顔で促す。

「うちに、陽斗《はると》くんという青年がいるんだけど、隣人の蓮花《れんげ》ちゃんと大喧嘩してね。わたしは今、その板挟みで大変なのよ。最初はね、すごくいい雰囲気だったの。あら、若いっていいわねぇなんてチャチャ入れたくなるような感じで。楽しそうに話してる姿を何度も見かけたわ。それなのに、あるときから口もきかなくなって、傍から見てもぎくしゃくしてるのがわかってね。一週間くらい前だったかな。陽斗くんが『隣のジューサーがうるさいからどうにかしてくれ』って言ってきたのよ。今まではそんなこと言ってきたことなかったのに」

一気に喋《しゃべ》ると、きゅーっとアイスコーヒーを飲み干した。

「ジューサーというのは、こういう調理器具のことですか？」

兄貴が厨房のミキサーやフードプロセッサーを指して訊いた。

「あ、そうそうそう。蓮花ちゃんは、健康志向が強くてね、朝食はジュースのみ。野菜とか果物とかをミックスジュースにして飲むのが日課なのよ」

ひまわり荘の魅力は、おかみさんが作った朝食だと聞いたことがある。それを食べないとは、ちょっともったいない。

「なるほど。隣人同士の騒音トラブルってことですね」

「いやいや、そうじゃないのよ」

そうじゃないとはどういうことだ？

「陽斗くんはいつも車で通勤してるんだけど、その車に蓮花ちゃんがミックスジュースをぶっかけたって言って怒ってるのよ。もちろん、蓮花ちゃんはそんなことしてないって反論してるけど……」

「けど、なんでしょう？」

兄貴が訊いた。

「確かに、陽斗くんの車には何かが飛び散ったような黄色い斑点がいっぱいついてるのよ。フロントガラスに小さい飛沫《ひまつ》みたいのがたっくさん」

黄色い斑点？　呟きながら、想像する。

「いやいや、ミックスジュースなんてふつう車にぶっかけないでしょ」

僕は、苦笑しながら否定した。

「でも、陽斗くんがジューサーの音について文句を言った次の日にその黄色い斑点が車についてたって言うのよ。まるで、嫌がらせだって」

「おかみさんは、その黄色い斑点を見たんですか？」

「もちろん、見たわよ。それが、なかなか取れないの。窓とかボディにもくっついちゃって」

おかみさんは、眉をへの字にして困り顔をした。

「ちなみに、ミックスジュースの色はわかりますか？」

僕は、名探偵気取りでおかみさんにつめ寄る。そのとき脳裏に浮かんだミックスジュースは、青汁のような濃いグリーンをしていた。もしそうならば、蓮花さんの疑いは晴れる。

「うすいオレンジっぽい感じの色よ。トマトとかにんじんとかを入れてるって言ってたわ。いつもね、余ったら持ってきてくれるの。バナナとかりんごも入ってるからけっこう甘くて飲みやすいのよ」

「僕は、ミックスジュースよりグリーンスムージーの方がオシャレな感じで好きだけどな」

自分の読みが外れたことで、ついムキになって言い返してしまった。そのせいで、兄貴ににじろりと睨《にら》まれた。

「駐車場の車、全部見ましたか？」

兄貴が訊いた。他の車にもついていたなら、また話は変わってくる。

「ええ。他の車には何も。陽斗くんの車だけに黄色い斑点がついてたわ」

やはり、蓮花さんは陽斗さんの車を狙ったのだろうか。

「うーん。元々、二人は仲がよかったんですよね？」

兄貴が、トントントンとこめかみを叩きながら訊いた。これは、兄貴がシンキングタイムにする行為だ。謎を解く過程には必ず必要な儀式のようなもの。

僕には、兄貴の質問の意図がよくわからなかった。それは、重要なことなんだろうか。

「ええ。一緒に買い物へ出かけたり、映画に行ったりしてたみたい」

「デートじゃん。それって、付き合ってたってこと？」

　思わず、大声で訊いてしまった。

「それがね、陽斗くんも蓮花ちゃんも他に恋人がいたみたいなのよね。陽斗くんの彼女には会ったことあるわ。引っ越しのときに挨拶に来てくれたから」

　うん？　と首を捻《ひね》り、顎にL字形にした指を当てて考える。これは、僕のシンキングポーズ。ジューサーの音と車についた黄色い斑点の謎を兄貴よりも早く解決してやろうと、静かに闘志を燃やしていた。

「お互い恋人がいるのに隣人とデートしてたってことは、つまり浮気じゃないっすか」

　声を荒らげて指摘した。

「浮気かどうかまではわからないぞ」

　兄貴が冷静につっこんでくる。一般的に言えば浮気だろうと僕は口を尖らせた。

「あ、そうそうそう。陽斗くんの引っ越しのとき、彼女が蓮花ちゃんに向かって変なこと言ってたわ」

「なんて？」僕と兄貴の声が重なった。

「〝この人、海外育ちでちょっと常識外れのところあるから、ご迷惑おかけするかもしれませんけど〟って。たぶん、女の勘ってやつね。私の男に手を出すなっていう牽制だったとる。

のよ」

おかみさんは、器に少し残った苺のババロアのかけらを名残惜しそうにスプーンで掬い

「なるほどなるほど」僕は、頷《うなず》きながら意気揚々と自分の推理を披露し始めた。

「つまり、陽斗さんと蓮花さんはお互い恋人がいるにもかかわらずこっそり付き合ってい

た。まあ、隣に住んでるわけだから簡単ですよね。最初は、二番手同士だったのに、徐々

に本気になっていった。蓮花さんはうまく彼氏さんを騙していたか、すんなり別れるかし

たものの、陽斗さんは彼女さんに蓮花さんとの関係がバレてしまった。そうなったら、修

羅場ですよね。ふつうはそこで大騒ぎしますが、彼女さんの方が一枚上手《うわて》だったんですよ。

怒った彼女さんは、二人を別れさせるために計画を練ったわけです。蓮花さんが毎朝飲ん

でいるミックスジュースと同じものを陽斗さんの車にぶっかけた。陽斗さんは大の車好き

で、自分の大切な愛車を汚したやつには容赦がないことを彼女さんは知っていた。蓮花さ

んのせいにして、陽斗さんを怒らせる作戦だったんですよ」

言い終わると、おかみさんと兄貴の顔をちろりと見て満足げに頷いた。「そうだ、三角

関係のもつれで起きた悲劇だ」と噛みしめながら。

「んー？」と兄貴は首を捻る。「なんか色々つじつま合わないな。仮に、陽斗さんの彼女

が、蓮花さんの飲んでいるミックスジュースのことを知っていたとしよう。そして、作り

方まで知っていたとして、そんな子供みたいな嫌がらせをして二人を別れさせられると考えるか？　俺なら、そんな幼稚な発想はしないけどな」

思わず、顔を顰《しか》める。幼稚な嫌がらせと言われてイラッとした。

「じゃ、やっぱり、蓮花さんがミックスジュースをぶっかけたの？　でもなんで？」

「物事には順序がある。謎を解くにも順序が大事だ。これは、誰がミックスジュースをかけたのか？　という謎ではない」

「え？　どういうこと？」

「だってまだ、黄色い斑点がミックスジュースだとは決まっていないからな」

「ああ。そうか」と、間抜けな声が出る。

つい、おかみさんの言っていることをすんなり受け入れてしまったばかりに、答えを急ぎすぎた。決して、おかみさんが嘘をついているわけではない。謎を解くには順序が大事。どうして、こんな初歩的なことを忘れていたのだろう。

「この謎の始まりを探さないといけないってことか」僕は、頷きながら呟く。

「陽斗さんの車は、社用車ですか？　自家用車ですか？」兄貴が訊いた。

「社用車よ。白いバンで、会社のロゴが入ってる」

それがどうしたの？　という感じでおかみさんが兄貴を見る。

「やはりそうか。だったら、さっきの成留の推理は一つも合ってないことになるな。陽斗さんが大の車好きで愛車を汚されたことに怒った、というと矛盾が出てくるからな。社用車なら、多少汚れたところでそこまで怒らないだろう」

「そっか」と、肩を落とす僕の横で、おかみさんは「やっぱり、あんたたち最高だわ」と豪快に笑った。

「もし、この件を解決してくれたら、あんたのほしいもんを用意してあげられるかも」と、耳元で囁《ささや》かれた。「なんすか、それ？」と首を傾げる僕に、「あ、解決というのは、二人を仲直りさせるまでだからね」と言い添えると、おかみさんはさっと席を立った。

「じゃあ、その陽斗さんに、今度ここへ来るように伝えてください。詳しい経緯を訊きたいので」兄貴が言う。

「わかった」

「あ、それから、その黄色の斑点のついた車で来てもらうように伝えてください」

兄貴は、はちみつの小瓶についた液体を拭き取りながら言った。

僕のほしいものを用意するとは、いったいどういう意味なのだろう。何かの暗号のように、その言葉を頭の中で反芻《はんすう》した。

ボクノホシイモノって……。

　翌日のディナータイム。七時半頃に陽斗さんは一人でやってきた。青いストライプのネクタイに黒髪短髪、スーツがよく似合う若き営業マンという感じだった。歳は、兄貴くらいだろうか。いや、もう少し若いかもしれない。一昔前の韓流スターのような色気がある。そりゃ二股もするだろうなと納得してしまうほどの男前だ。

「すみません。車、そこに停めたんですけど、大丈夫ですか？」

　柔らかい口調と腰の低さは、営業マン特有のものなのか。

「他の車の邪魔にならなければ大丈夫ですよ」

　言いながら、外を確認する。駐車場はあまり広くない。五台も停まればいっぱいになる。昼時は、道沿いに路駐する車が列をなすこともある。

「メニューです」

「オススメは、なんですか？」

「こちらになります」さっと、手で写真を指す。

「じゃ、この3番のやつを」

　陽斗さんは、〝幸せのふわふわ焼きカレー〟を注文した。この料理は、去年の夏、紫さんが初めて店に訪れたときに考案したもので、元々あったマホロバ特製オムレツと焼きカレーをドッキングさせたもの。名前に〝幸せの〟なんてつくものだから、ちょっと頼みづらいというお客さんの声を反映させて、番号で注文できるスタイルに変えた。このままお客さんの意見を全て反映させていったら、いずれは立派なファミレスになってしまうのではないかと心配している。

「りょーかい」

「オムカレー一つ」結局、言いやすいように変えてしまうから名前なんてなんでもいい。

返事をしながら兄貴は顎をしゃくる。こっちに来いというサインだ。

「何？」

「陽斗さんの車の写真撮ってきて」兄貴が耳元で囁く。

「黄色い斑点？」

「そう」

「はーい。いってきまーす」

お客さんに笑顔を振りまきながら、扉まで歩く。ぶーんというハンドミキサーの音が厨房から聞こえてきた。直角さんの肩がびくんと跳ねる。確かに、耳障りな音だな。

すっかり日が落ちてしまっている。海は静かで、春特有の気だるさとともに呑み込まれてしまいそうだ。

車は、三台ほど停まっていた。どれが陽斗さんの車だろう。たしか、会社のロゴが入っているとおかみさんが言っていたが、会社名までは聞いていない。スマホのライトを点けて捜した。白いバンだったな、と思い出してすぐに見つかったが、暗いので黄色い斑点まではよくわからなかった。スマホのライトでフロントガラスを照らし、顔を近づける。

「ああ、これか」

確かに、小さな黄色い斑点がたくさんついている。

車のボディには、液が垂れたように黄土色のものが付着していた。いくら会社の車とはいえ、こんなに汚されたら黙ってはいられないだろう。

ライトを当てながら、画面を見る。ちゃんと写るかな、と心配になりながらシャッターボタンをタップした。フロントガラスの全体とアップと両方撮っておこう。ボディも一応撮っておくか。

「うーん」反射して、白っぽく写ってしまった。

何枚か撮り直しているうちに、兄貴の昨日の言葉が思い出された。

『ミックスジュースだとは決まっていない』

これはいったいなんなんだ？　指先でこすってみるがこびりついて全く取れない。鼻先を車のフロントガラスにくっつける。僕は匂いフェチで、鼻はけっこう利く方だ。もしかすると、匂いで成分がわかるのではないかと考えた。

「くっさ」のけぞるように、顔を離した。なんと表現したらいいのだろう。嗅いだことのない種類のもので、下水のような臭いと酸っぱさのようなものが混じった独特の臭み。

ミックスジュースの成分は、野菜と果物だから、時間が経てば腐った生ごみのような臭いになるだろう。だけど、それとはちょっと違う気がする。やはり兄貴が言うように、ミックスジュースではないのかもしれない。では、これはいったいなんなんだ。そもそも、誰がこんな嫌がらせをしたのだ？

スマホをエプロンのポケットに仕舞うと、店に戻った。

「成留、ナイスタイミングだ。これ、運んで」

ちょうど、幸せのふわふわ焼きカレーができあがったところだった。ふんわりと膨らんだスフレオムレツに、スパイスとチーズの香りが食欲をそそる。

「じゃ、置きますよ。熱いから気を付けてください」

木製の受け皿を持ち、スキレットの柄が陽斗さんに当たらないようにそっと置く。

「すごいっすね」陽斗さんが感動の声を上げた。

兄貴が満足そうに微笑《ほほえ》む。

「ケチャップ、ありますか？」

陽斗さんが訊いてきた。

「よろしければ、まずは、そのままお召し上がりください」

兄貴はそう言うと、冷蔵庫からケチャップを取り出した。小鉢に適量入れ、そっとテーブルに置いた。

陽斗さんは、オムレツをそっとスプーンで掬った。ふぅふぅと息をふきかけ、口へ運ぶ。

「ほわぁっ。甘いんすね、これ」感心するように頷くと、次は下の焼きカレーを掬って口に入れた。「あ、チーズがいい仕事してる。温玉の焼き加減が絶妙」どんどん食べ進めていき、オムレツと焼きカレーを一緒に頬張って大きく頷いた。

「不思議な感じですね。オムレツがしゅわしゅわと溶けてそこにチーズと温玉とカレーが絶妙に絡み合う。口の中が幸せに包まれる感じが最高です」

陽斗さんは、目尻を下げながら褒めまくった。

「ありがとうございます」

得意げに礼を言う。兄貴の料理は最高にうまい。僕の自慢であり、この店の自慢でもある。

「成留」ちょいちょいっと手招きされた。写真を見せろと急《せ》かしているのだろう。

厨房に入り、スマホの画面を見せる。

「これなんだけど、わかる？　暗かったから、あんまりうまく撮れなかったんだ」

「実際見てどうだった？」

「うーん。何かはわからなかったけど、変な臭いがした。あと、指でこすっても全然取れなかった」

「ふむふむ」兄貴は頷きながら、つっと口角を上げた。

「何かわかったの？」

「それがミックスジュースではないことだけはわかった」

「なんで？」

今の情報だけでわかったというのか。僕は、実際に見ても匂ってもわからなかったというのに。

「ケチャップ、そこにありますから」

兄貴は、満面の笑みで陽斗さんに言う。

「ありがとうございます」

陽斗さんは礼を言うと、小鉢を逆さにしてケチャップを全部オムレツの上に落とした。

「ここ、普通のオムライスもあるんですか？」

「ありますよ」

「じゃ、今度はそっち頼もうかな。ボクね、オムライス大好きなんですよ」

満面の笑みで言いながら、ケチャップのかかった幸せのふわふわ焼きカレーを口に運ぶ。

兄貴は、こめかみをトントンと叩いて頷いた。

「いくつか、お訊きしたいことがあります」

陽斗さんが食後のコーヒーを終えたところで兄貴が言った。いよいよだな、と僕は身構える。当事者から話を聞かなくても謎は解ける。しかし、当事者にしか知りえない情報がある場合はそうはいかない。今回は、どうやら後者だったようだ。

「どうぞ」

「隣人の方との出会いからお話してもらっていいですか？」

そんなとこから？　と思わずつっこみを入れたくなったが、黙って聞き流した。兄貴の言う謎解きの順序についてしっかりと学ぼうではないか。

きっと、紫さんがいたら「ナルくんは、出番まで待機です」と言ってくるだろう。

「蓮花ちゃんは、ボクが入る前からひまわり荘に住んでました。ボクが入居したのは、去年の秋頃になります。転勤で大分《おおいた》からこっちに移動になって、住むところを探してたら、家賃が安くてご飯がうまいと評判の下宿があると聞いたので、さっそく電話してみました。ちょうど一人出たばかりだからあんたラッキーねぇ、なんておかみさんは言ってました。ボク、一切料理とかできないから、ご飯つきっていうのが魅力で――」

秋頃、ちょうどひまわり荘を出た人とは、おそらく紫さんのことだろう。ということは、蓮花さんは紫さんの隣人でもあったわけだ。

「トラックから荷物を下ろしているときに、蓮花ちゃんとぶつかってしまったんです。そのとき、蓮花ちゃんは買い物の帰りだったみたいで、両手に大きな袋を抱えてました。ボクがぶつかったせいで、蓮花ちゃんの袋から果物がころんと落ちて、それを拾おうとしたら野菜がころんと落ちて……。ボクがトマトを拾い上げたら、蓮花ちゃんがありがとうって笑ってくれて……」

なんだか、ドラマみたいな出会いだな。

「そのとき、どう思いました？」思わず、訊いてしまった。

「可愛い子だなって」正直な人だ。

「なるほど。それから？」兄貴が先を促す。

「『あたし、ここに住んでるんですよ』って蓮花ちゃんが言って、二人で少し世間話をしました。そしたら、ボクの恋人が蓮花ちゃんに向かって、この人ちょっと変わってますからみたいなこと言い出して変な空気になってしまって……」

「〝この人、海外育ちでちょっと常識外れのところあるから、ご迷惑おかけするかもしれませんけど〟と、仰《おっしゃ》ったそうですね？」

兄貴がロボットのような口調で、おかみさんから聞いたセリフを一言一句違《たが》わずに言う。さすがだ。一度聞いたことは絶対に忘れない。

「え？　ああ、そうです」

陽斗さんはちょっと驚きながら、ははははっと乾いた声で笑った。

「事実なんですか？　海外育ちというのは」

「ええ。三歳から高校に入る少し前まで、ロサンゼルスに住んでいました」

「そうですか」兄貴は、さらりと流して、「女性の勘って怖いですよね」と苦笑した。

「どういうことですか?」

陽斗さんは、とぼけた顔で兄貴の顔を見上げる。

「彼女さんは、あなたと蓮花さんの雰囲気を察して、釘を刺すために仰ったんじゃないでしょうか」

「え? どうしてそんなことをする必要が? ボクと蓮花ちゃんはただ世間話してただけですよ」

陽斗さんは、兄貴の言ったことが理解できなかったらしい。

「陽斗さんって、ぶっちゃけ女性にモテるでしょ」兄貴が断定口調で言う。

「いやぁ、まあ」

曖昧な言い方ではあるが、まんざら否定するわけでもなさそうだ。

「例えば、好意を全く持っていない女性から食事に誘われたり告白されたりということが、わりと日常的にありませんか?」

「ええ、そうですね」

「そのことについて、過去の恋人だった人たちに何か指摘されたことはありませんでしたか?」

「あります。距離感が近いとか、スキンシップが多いとか。今の彼女にもよく注意されます。ボクからしたら、すごく自然なことなんですけど」

二人のやり取りを僕は黙って見ていた。モテる男同士の会話に全く入っていけない。

一つ思ったのは、兄貴のモテる要素と陽斗さんのモテる要素が違うということだ。おそらく陽斗さんは、女性を勘違いさせやすいタイプなんだと思う。兄貴に好意を抱く女性は、自ら近寄ってはこない。

「逆に、なんでこんなことで女性は怒るんだろうと戸惑うようなことはありませんでしたか？」

「あ、そうそう。蓮花ちゃんの場合がそうです。急に、態度が冷たくなって口もきいてくれなくなって。あれって、なんなんでしょうか？」

「それは、今度、蓮花さんに訊いてみます」

「お願いします。本当に心当たりがないんですよ」

「その、蓮花さんの態度が冷たくなる前はどうだったんですか？　おかみさんの話によると、二人は仲がよかったように見えたと仰ってましたけど。どのくらい仲がよかったんでしょう？」

もっと、はっきり訊けばいいのにと思いながら、陽斗さんの答えを待つ。

「それって、今回のことに何か関係があるんでしょうか？」

急に、歯切れが悪くなる。あまり、答えたくないのかもしれない。

「いえ。答えたくないことには答えなくてもかまいません。ただ、陽斗さんのお気持ちだけ教えてください。蓮花さんに、特別な感情を抱いてましたか？」

「はい。素敵な女性だと思い、惹かれていたのは事実です」

「わかりました」

「あの、ボク……」陽斗さんは何か言い淀んで、きゅっと言葉を呑み込んだ。そして、呼吸を整え「もし、ボクのせいで蓮花ちゃんを怒らせてしまったのだとしたら謝りたいと思ってます。でも、車に嫌がらせをされるほどひどいことをしたとは思ってません」と一気に言い放った。

「ふむ」兄貴は、なんとも言えない顔で陽斗さんを見つめる。これは、蓮花さんから話を聞かないと解決しなそうだ。

「彼女がいるくせに、と思いますよね。わかってるんです、いけないことだって。でも、素敵だなって思ってしまった自分の気持ちには嘘はつけませんでした」

「二股かけてたってことですか？」

「いえ。そこまでは……」

好きになりかけたけど、踏みとどまったということを言いたいのだろうか。一線は越えていないという関係性。浮気の定義は人それぞれだから難しい。

「では、別の質問をします」兄貴が仕切り直す。

「はい。どうぞ」

「陽斗さんのお仕事について教えてください」

「不動産屋に勤めてます。そこで、営業をやってます」

「なるほど。ちなみに、会社の位置はどのあたりでしょうか？」

そう言って、兄貴は電話台の下から地図を持ってきた。

「ええと、この辺りですかね」

愛島北部。Q大の上くらいを指しながら答える。

「白木《しらき》神社の近くですね」

「そうですそうです」

「ふだん、昼食ってどうされてます？」

「おかみさんがお弁当作ってくれるので、それを」

「会社で召し上がるんですか？」

「いや、社内は落ち着かないんで、近くの公園の駐車場に停めて食べてます。この時期、桜が綺麗なんですよね」

「お弁当を食べる公園は、このあたりですか？」

兄貴が拡大ページを開きながら訊く。

「あー、そうなりますかね」

二人は、ふんふんと頷き合っている。僕は、兄貴の意図が全くわからない。地図なんて見て、何がわかるというのだ。

「車についた黄色の斑点を最初に見つけたのはいつですか？」

「一週間前です。ガソリンを入れに行ったとき、窓を拭いてくれた人が顔を顰めながらごしごしフロントガラスをこすってて。でも、全然取れなくて」

「そのとき、ちゃんと汚れを取るように言わなかったんですか？」

「言うわけないでしょう。だって、あれはサービスで拭いてくれるんですから」

「なのに、蓮花さんには文句を言ったんですよね？」

「それは……。だって、ボクがミキサーの音がうるさいって言った次の日についてたから……。蓮花さんは、蓮花ちゃんの仕業だろうなと思って……」

「蓮花さんは、否定されてるんですよね？」

「そうですけど」

「だったら、信じてあげればいいじゃないですか」

兄貴が宥《なだ》めるように言う。いや、これは相手の次の言葉を引き出すための煽《あお》りだ。

「じゃ、誰がボクの車にあんなことをしたって言うんですか？」

陽斗さんが声を荒らげた。

「車を汚したのは、蓮花さんではありません」

「じゃ、誰が？」

やっぱり、彼女さんの仕業ではないのだろうかと僕は思う。

「さっき、卵を泡立てるときにハンドミキサーを使ったんですけど、うるさかったですか？」

兄貴は陽斗さんの質問には答えず、別の質問を投げる。

「いえ」と陽斗さんは首を振って続ける。「まあ、いい音ではないですけど、ボクが注文した料理を作るためですから仕方ないですよね」

「そう、仕方ない。蓮花さんが毎朝ミックスジュースを作ってることは以前から知ってましたよね？　急に文句を言ったのは、冷たい態度を取られるようになってイライラしたからではありませんか？」

「そうですよ」

陽斗さんは苛立った口調で答えた。

「では、なぜ蓮花さんが怒っているのか、それを訊いたらいいじゃないですか。おそらく、何かしらの勘違いが原因だと思いますよ」

「勘違い？」

「ええ。文化の違いみたいなものかと」兄貴は、笑みを浮かべて自信満々に答えた。

「ちょっと待って。車の件は？」

全然出番が来ないので待ちきれずに口を開いた。

「それは、また後日」

「えー。なんだよそれ」と僕が不満を言った。

「わかりました」陽斗さんは、憮然としてため息をつく。そりゃ、誰だってそうなるだろう。おあずけを食らった状態では、気になってしかたない。さっさと解決したいものだ。

「陽斗さん、今度、蓮花さん連れてきてもらえますか？」

「いや、でも……。口聞いてくれないんですよ」

「そうでしたね。では、おかみさんに頼んでみます」

兄貴は、おかわりのコーヒーを注ぎながら言った。


翌週、おかみさん、陽斗さん、蓮花さんの三人はディナータイムに訪れた。兄貴は、陽斗さんが店に来た翌日、おかみさんと電話で軽い打ち合わせのようなものをしていた。「へぇー」と二回ほど驚いた声を上げていたが、何を話していたのかは教えてくれなかった。

蓮花さんは、「こんばんは」と軽く会釈をし、頬を赤らめうつむいた感じでカウンターの端に座った。この状況を申しわけなく思っているのか、控えめな様子で挨拶を交わす。

二十代半ばくらいのオシャレな女性だった。頭にターバンのようなものを巻き、黒のライダースを羽織り、光沢のあるプリーツスカートを穿《は》いていた。

「オムライスでいいですか？」

兄貴は、メニューを見せる前に訊いた。自分のペースに乗せようとしているのだろう。

「はい」三人の声が重なる。

兄貴は頷くと、冷蔵庫の中から見慣れない紙素材のエッグケースを取り出した。ん？と僕はその手元を見る。いつも使っている卵ではない。何を企んでいるのだろう。

三人は、ぎこちない感じで店内を見回している。兄貴は呼び出しておいて、一向に話を始めない。

何か話した方がいいだろうかと、様子をうかがう。

「あの、ちょっと気になったんですけど、スムージーではなくミックスジュースを飲んでるんですか？」

僕は、前々から気になっていたことを蓮花さんに向かって口にした。

「ええ。スムージーっていうのは、凍らせたフルーツを使ったり氷を入れたりした、シャーベット状のものを言うんです。だから、あたしが毎朝飲んでるのはミックスジュースで間違いありません。体を冷やしたくないんです」

きっぱりと答えられたら何も言い返せない。

「そうなんですね。なんか、すみません」

ぺこっと頭を下げた。なんだか、居心地が悪い。

「成留、ちょっと」兄貴に呼ばれて厨房へ入って行く。

「何？」

「俺は準備があるから、おまえ進行役な」

兄貴は、浅めの鍋に米を入れると、白ワインのような透明な液体を注いだ。何を作っているのだろう。通常のオムライスの作り方とは違う。

「何訊けばいいかわかんないよ」

「蓮花さんから、陽斗さんのことを避けるようになった原因を訊き出せ」

「マジかよ……」責任重大だ。

どう切り出したらいいものか、さっぱりわからない。せめて、蓮花さん一人だったら色々訊けたのに、陽斗さんもいるから気を遣う。

「あの、僕、好きな人がいるんです」

突然切り出した。

「半年くらい前に知り合った年上の女性なんですけど、その人は婚約者を亡くしてまして……」言いながら、なんで自分はこんな話をしているんだろうと不安になった。

「婚約者を？」蓮花さんが心配そうに僕を見つめる。

「はい。たぶん事故だとは思うんですけど、彼女は深く傷ついてて……」

「それは、辛いわね」同調してくれて、嬉しかった。

「なんか、すみません」一気に空気を重くしてしまったことを反省した。

「死んだ人間には敵《かな》わない、なんて諦めたらダメだよ」

おかみさんが言った。もしかしたら、紫さんのことだとバレてしまったかもしれない。

以前、紫さんの近況について訊いたことがある。さあ、と首を捻られて終わったけれど。

「諦めるも何も、もうその女性には会えないかもしれないし。ただの片思いなんです。僕が勝手に忘れられないってだけで」

「丸ごと愛せばいいんだよ」

おかみさんは、目を細めた。

しん、と音が消え、空気の性質が変わるのを感じた。野菜を刻む音だけが聞こえている。

「実はあたし、もうすぐ結婚するんです」

蓮花さんが言って、「へ？」と陽斗さんが呟いて「マジで？」と大声を上げた。

「うん。陽斗くんが引っ越してきた日、ちょうど彼からプロポーズされてね」

「ウソッ。ボクもあの日、彼女にプロポーズしたんだ。そんな偶然ってある？」

二人は、目を大きく見開いて驚きを隠せないでいる。

「正直に言うね。あたし、陽斗くんのこといいなって思ってたの」

「ボクもだよ。蓮花ちゃんに会って、可愛いな、いい子だなって」

「でも、マリッジブルーってやつだったのかな」

蓮花さんが笑いながら言った。

「あの、すみません。ちょっといいですか？　整理させてください」

僕は、二人の間に入って会話を止めた。

「お二人が惹かれ合っていた、というのはわかりました。ただ、蓮花さんが陽斗さんに冷たくなったというのはなぜでしょう？」

「……」蓮花さんがきゅっと唇を噛んでうつむいた。

「正直に言ってくれ」

陽斗さんが、背筋を正した。

僕は二人を交互に見ながら、様子をうかがう。

「陽斗くん、あたしに〝君はとてもスマートだね〟って言ったよね？」

蓮花さんが上目づかいに睨みつける。

「ん？」陽斗さんは首を傾げる。とぼけているというよりは、本当にわからないという感じ。

「覚えてないの？　信じられない。あたし、ダイエットしてるって言ったよね？　それなのに、嫌みったらしく〝スマート〟だねなんて」

僕は、蓮花さんを頭のてっぺんから足の爪先まで見つめる。スマートかスマート以外かと訊かれたら後者だが、決して太っているわけではない。陽斗さんの表情からすると、嫌みで言ったわけではないのだろう。ただ、女性は自分の体形を必要以上に気にするところがあるから、もしかしたら冗談でも傷ついてしまうのかもしれない。

「何？　どういうこと？」

陽斗さんは、まだ理解できないらしい。そんなことで怒ってるの？　とでも言わんばかりの表情だ。助けてあげなくては、という使命感に駆られた僕は、声を張り上げた。

「たぶん、悪気とかはなかったんですよ。もちろん、嫌みでもないと思います。僕は、気持ちわかるな。もし、自分の好きな人が無理してダイエットとかしてたら、やらなくていいよ、君は今のままで素敵だよって言いたくなると思います。だから、陽斗さんもそういうことを伝えようとしてたんですよね？」

もうなんでもいいから頷け、と念を送る。

「……」陽斗さんは、無言で斜めに頷いた。いまいち、納得していない様子だ。

「ううん、違う。そういう感じじゃなかった」

蓮花さんは、眉間に皺を寄せて首をぶんぶんと振った。

「ちなみに、どんなシチュエーションで言ったんですか？」

見かねて兄貴が訊いた。

「一緒に買い物に行ったときです。洋服を選んでるときだったわ。『これとこれ、どっちが似合う?』って訊いたときに」

あー、と僕は頭を抱える。それは、体形のことをいじられたと思って怒るだろう。

「他には?」

更に、兄貴が訊いた。まだあるというのか。

「他に? えーっと……」蓮花さんが首を傾げる。「一緒にテレビを観てるときにも言われた記憶がある。一瞬、聞き違えたかなと思ったけど、陽斗くん、何度も言うし」

「思い出した」陽斗さんが頷いて目を見開く。「確かに言ったけどさ」ぽかんとしている。もしかして、失礼なことを無意識に言ってしまうタイプの人間なのかもしれない。

「なるほどね。そっかそっか」

兄貴が苦笑している。

「どういうこと?」僕が訊いた。

「陽斗さんの彼女が言ってただろ。〝この人、海外育ちでちょっと常識外れのところあるから、ご迷惑おかけするかもしれませんけど〟って」

「それがなんだよ」

「アメリカで育った陽斗さんの言う〝スマート〟と、我々日本人の使う〝スマート〟の意味が違うんだよ。陽斗さんは、〝オシャレ〟や〝賢い〟という意味で使ったはずだ。もちろん誉め言葉としてな。ただ、体形を気にしていた蓮花さんは、いじられた、と勘違いしてしまった」

兄貴がさらりと説明する。僕とおかみさんは、へーっと感心するように頷いた。

「そっか……。それで、急に冷たくなったんだ」

陽斗さんは、頭を抱えた。でも、ちょっとほっとしている表情にも見える。

「あたしの勘違いだったってこと？」

蓮花さんは、頬を紅潮させながら大きく目を見開くと「ごめんなさい」と頭を垂れた。

「いや、ボクの方こそゴメン。そういう言葉の違いとかは知ってたし、意味ももちろんわかってたのに。無意識ってやつだ。申しわけない」

陽斗さんも即座に謝った。

二人は、照れ臭そうに視線を絡ませ合った。

「もし、その思い違いがなかったらどうなってたんすかね？」

僕は、何気ない疑問を口にした。はっと、口を手でおさえ「二人とも婚約者がいたのに惹かれ合ってたなんて」という言葉を呑み込んだ。

「これで、よかったんじゃない？」おかみさんが言う。

確かに、これでよかったんだと思う。思い違いのおかげで、二人は踏みとどまることができたのだから。

　そのとき、マーフィーがアタ籠から本棚にジャンプしてみゃーと鳴いた。その振動で本がちょっとだけ前に飛び出る。「ナイスタイミング」と呟いて、飛び出た本を手に取った。

「知ってます？　〝マーフィーの法則〟」

　僕が訊くと、陽斗さんと蓮花さんは首を傾げた。

「人生における教訓は全てこの本に書いてあるといってもいいかもしれません」

　やっぱり、マーフィーは不思議な猫だ。このタイミングでこの本の存在を教えてくるところが憎い。

「『起こる可能性のあることは、いつか実際に起こる』byマーフィーの法則」

　僕は、かっこよく決めゼリフをかますと、にやりと笑った。単に、兄貴の口癖を代わりに言っただけなんだけど。

　〝マーフィーの法則〟とは、たびたび生じる滑稽かつ物悲しい経験則をおもしろおかしくまとめたものである。何かうまくいかないことが起こると、それを引用して自虐的に言ってみたりする。

『試験直前に覚えた部分は試験に出ない』とか『計算間違いに気付いて、念のためにもう一度計算しなおすと、第三の答えを導き出してしまう』といった具合に。

「それで、今回の件にピッタリな法則はあったのか？」

　兄貴が、試すように僕を見る。

「ええと……」ぱらぱらと本を捲《めく》って探す。

こんなとき、紫さんがいてくれたらなぁと思う。彼女は、この本のページをバイブルとし、お守りのように読み込んでいた。『本当に欲しいものは手に入らない』という一節を胸に抱えながら。

『『婚約をした日に素敵な人に出会う』byマーフィーの法則』

僕が選んだ法則に、兄貴が「ははは」と笑った。

「そんなことが書いてあるんですか？」

蓮花さんが疑いの目で見てくる。

「はいここに」とページを開いてみんなに見せた。陽斗さんが「まいったな」と呟く。

「でも、ほんと、これでよかったんだわ」

蓮花さんがしみじみと言い放った。

「ちょっと待てよ。黄色い斑点の犯人がまだわかってないよ」

陽斗さんが声を上げた。

すっかり忘れていたが、その問題が残っている。陽斗さんの車についた黄色い斑点の謎を解かないといけなかった。兄貴は、にやりと笑うと顎で何かを指示してきた。その視線を追うと、地図の上にスマホが載っていた。どういうことだろうと頭を捻る。地図とスマホの関係ってなんだ？　いや、そうじゃないと思い直す。

確か、兄貴は陽斗さんに地図で職場がどこなのかとか、お弁当はどこで食べるのかと訊いていた。きっと、その場所が何か大事なポイントになっているはずだ。

地図を開き、陽斗さんの会社と弁当を食べている公園を捜した。人差し指でトントントンと叩いて考える。

「全くわからない」と兄貴に助けを求めるが、鍋の火加減を調整するのに忙しいらしく目を合わせてくれない。

スマホを取り出してタップすると、陽斗さんの車の写真を見つめた。黄色い斑点の正体はなんだ？　兄貴は、『わからないことは検索しろ』といつも言っている。謎を解くには、たくさんの知識がいる。自分の引き出しにないものは、たいていこの中にあるという。

そこで、検索をかけてみた。

〝黄色い斑点〟〝車〟〝臭い〟〝フロントガラス〟。

なかなかヒットしない。他に何かヒンーはないだろうかと考え、〝拭いても取れない〟と追加してみたが出てこない。

「なんで出てこないんだ？」

ぶつぶつ言いながら単語を減らして検索してみた。すると、

「あ！」と声が漏れる。そして、地図をもう一度見返した。

「これか」

僕は、ようやく黄色い斑点の犯人に辿り着いた。

「わかりましたよ」

「誰だったんですか？」

陽斗さんと蓮花さんの声が重なる。

「蜂です」

「蜂って、ミツバチのこと？」

「そうです。陽斗さんの車についていた黄色い斑点の正体は、蜂の糞です。陽斗さんがいつもお弁当を食べているという公園の近くに養蜂場があるんです。蜂は、春から初夏にかけて、冬の間に体内に溜めていた糞をまとめて排出するそうです」

僕は、スマホの画面をちらちら見ながら説明する。

「あれって、蜂の糞だったんですか？　なんだよ……。ごめん。蓮花ちゃんのこと疑ってしまって……」

陽斗さんは、何度も頭を下げた。

「いやぁ、僕も知りませんでしたよ。蜂の糞なんて、想像もしませんよね」

どうにかフォローしようと必死だった。

「ううん。あたしの方こそごめん。勝手に勘違いして避けたりしちゃって。ちゃんと、言えばよかったんだよね。そしたら……」

蓮花さんは、言い淀んで唇を噛んだ。そしたらのあとの言葉が気になるけど、それを口にしたらいけない。

「ボク、ひまわり荘を出てくよ」

「え？　どうして？」

「けじめだよ」

「ごめんなさい」

「ううん。蓮花ちゃんは悪くない。そろそろ出て行こうとは思っていたんだ。この件が解決したら出ていくとおかみさんにも伝えていたしね」

陽斗さんは、薄く微笑むと優しく言った。それがいいと僕も思う。運命的に惹かれ合って、好きで好きでどうしようもなくて、お互いの婚約者を傷つけてでも一緒になるという選択肢もあるだろう。だけど、陽斗さんはそれを選ばなかった。

「さあ、できたよ」

兄貴がカウンターに白い丸皿を置いた。それは、僕の知っている黄色いオムライスではなかった。

「純白のオムライスになります」

真っ白な皿の上に載った真っ白い月のようなオムライス。

「結婚のお祝いってことかしら？」

蓮花さんが訊くと、兄貴が頷いた。

「ありがとうございます」

「これは、普通のオムライスと味が違うんですか？」陽斗さんが訊いた。

「とにかく召し上がってみてください」

兄貴は、さあと掌を出して促す。

「いただきます」

陽斗さん、蓮花さん、おかみさんの三人は不思議な食べ物に挑むような表情で白い月にスプーンを差し入れた。

「はっ」と三人の声が重なる。

僕は、じーっと皿を覗いた。おそらく、卵白で作ったと思われる白い膜。なんと、その中に包まれたご飯も真っ白だったから驚いた。

最初に口に入れたのは、陽斗さんだった。

「うまい。ちゃんとオムライスだ」

その言葉に安心した二人がぱくりと一口食べた。

「美味しい。ほんとだ。ちゃんと、中もオムライスだ」蓮花さんが言う。

「これ、どうやって作ったの？」

おかみさんが訊いた。

「白い膜の部分は、卵白だけではありません。黄身の色というのは、鶏のエサの色で変わるんです。日本では、黄身はオレンジがかってる方が新鮮で美味しそうだという人が多いと思いますが、欧米では黄身の色が濃いものは気持ち悪がられたりもします。パプリカや唐辛子を餌にすれば、オレンジの強い黄身になりますし、黄色っぽい黄身にするにはトウモロコシ、白っぽい黄身にするにはコメ。変わり種でいうと、真っ黒い黄身の卵だって存在するんです。もはや、黄身という名称すら当てはまらなくなってきてしまいますけどね」

兄貴は、得意げに卵の黄身について語る。

「じゃ、この中のご飯の部分はどうやって？」

「それは、これで炊いたんだ」

瓶に入った透明の液体を掲げて言う。白ワインではなかったのか。

「匂ってみるとわかるよ」

兄貴は瓶をカウンターに置いた。蓮花さんが鼻を近づけて匂いを嗅ぐ。

「あ、トマトだ。え？　なんで透明なの？」

「トマトは、潰したり圧搾したりしなければ透明の液体だけ取り出すことができるんですよ。ちょっと、いい値段がするんだけど、綺麗でしょう？　日本酒の大吟醸を作る雫取《しずくど》りという製法で作ってる。雑味もないし、色も味わいもクリアで上品だ。こいつに、ブイヨンと塩コショウを足してバターで炒めたらできあがりだ」

「すごい。魔法みたい」

蓮花さんは、幸せそうな表情で食べ進めていく。

「でも、ボクはやっぱり普通のオムライスが好きだな。これも、うまいけど」

陽斗さんが、柔和な笑みを浮かべる。

「また食べに来てくださいよ。今度は、婚約者の方もご一緒に」

僕はスッキリとした気持ちで言った。二人が、それぞれ幸せになれるようにと願いを込めて。


それから一週間後、おかみさんはいつものようにディナータイムにやってきた。

「陽斗さんが出て行って、蓮花さん寂しがってるんじゃないですか？」

「そうかもね。でも、隣すぐに埋まっちゃってね。蓮花ちゃんも楽しそうにしてるわ」

「へー。さすが、人気下宿屋さんっすね」

店はいつもの通り、常連客でいっぱいだった。

最近、マーフィーは直角さんと仲がいい。二人仲よく店に入ってくることもある。直角さんの向かいの席に座って、デートの相手でもしているようだ。猫の扱いに慣れてますね、と僕が言ったら「うちでも、猫飼ってるんですよ」と返された。

「ねぇ、ここのアルバイト、もう決まった？」

おかみさんが訊く。

「いえ、それがまだなんです。誰か、いい人いませんかね？」

「ちょっと、お待ちなさい」

そう言うと、おかみさんはスマホを取り出し、電話を始めた。

僕は、その間に店内の席を回り、お冷やを注ぎ足していく。

壊れたステレオのような音がして振り向くと、直角さんが、スマホの真っ黒い画面をタップしながら微笑んでいた。何をやっているのだろう。ちょっと不思議な人だ。

おかみさんは、誰かと電話で話している。

「もしもし？　片付いた？　じゃ、今からマホロバに来れる？」

電話を切ると、二杯目のコーヒーを注文した。

「誰か来るんですか？」

「アルバイトしたいって言ってる子がいるのよ。うちの下宿に泊まってる子なんだけど。それも、この店の料理が大好きっていう子でね」

「旅行客はダメですよ」

念を押すように言う。

「あはは。約束したでしょう」

おかみさんは、愉快げに言う。

「約束？」

「ほら、あんたのほしいもん」ずずず、とコーヒーを啜る。

「え？　僕のほしいもんですか？」

おかみさんはゆっくりと頷いた。

「それは、楽しみっすね」そう答えたものの、なんのことかよくわかっていなかった。

マーフィーが突然、店の扉にかさこそと爪を立ててみゃーみゃーと鳴き始めた。

外に出してやろうと、ドアノブに手を伸ばした瞬間、扉が開いた。

はっと息を呑む。

そこに立っていたのは、間違いなく僕の一番ほしいものだった。

二章　全ての問題は、より大きな問題とだけ交換することができる

冷たい春の夜風が店内にすぅーっと入ってくる。しっとりと甘やかな香りとともにその人は現れた。

「こんばんは」

紫さん――邑崎紫《むらさきゆかり》――は、軽やかに挨拶をすると、マーフィーを抱き上げた。

うん？　と小首を傾げ、「もしかして妊娠してる？」と僕と兄貴を交互に見やった。

僕は、突然すぎる再会に驚きながらも質問に答える。

「そうなんですよ。よくわかりましたね」

紫さんがあまりに自然に入ってくるものだから、僕もそれをすんなり受け止めてしまった。

「おまえ、お母さんになるのかぁ」

紫さんは、くしゅっと鼻に皺を寄せて微笑む。

「えっと、そんなことより、急にどうしたんすか？」

照れと緊張で紫さんの顔を見られなかった。

「なかなかアルバイトが決まらないもんだから、わたしがスカウトしてきてやったよ」

おかみさんは、あははと満足げに笑い、僕の背中をバンと叩いた。

「それはどうも」ようやく視線を紫さんに向けた。

臙脂色《えんじいろ》のカーディガンに小花柄のプリーツスカートがよく似合っている。腰まである艶やかな黒髪、透き通るほどに美しい白肌、くっきりとした二重瞼《ふたえまぶた》にちょっとだけ垂れ下がった目尻は健在だ。

紫さんは、ふふふと笑ってマーフィーを見つめている。

僕は、紫さんと話したい気持ちを抑え、おかみさんの方を向く。サプライズはありがたいけれど、こういうことは事前に連絡してほしい。心の準備とか色々あるのに、とそっと顎を撫でた。髭だってこんなに伸びてしまっている。髪だって、もっとちゃんとセットしておけばよかった。

「久しぶり、紫ちゃん。元気そうだね」

兄貴が爽やかな笑顔で言う。『なんで、そんなに冷静なんだよ。少しは、驚けよ』と心の中で僕は叫ぶ。

「ミナトさん、お久しぶりです」

あーあ。先に兄貴の名前を呼ばれてしまった。

「ふふふ。ナルくん、久しぶり。元気にしてた？」

心の声でも聞こえているのか、紫さんは僕に笑顔を向ける。

「まあ」照れを隠したくて、かっこつけた返事をしてしまう。

「去年、紫ちゃんが帰ってから、たまにメールのやり取りをしてたのよ。それで、この店のアルバイト募集のことを伝えたら『私でお役に立てるなら手伝いたい』って言うから、ミナトくんに相談してね。それで、うちの下宿の空きが出たらおいでってことで話を進めてたのよ」

おかみさんは、嬉しそうに状況を説明した。

「てことは、兄貴は知ってたんだ。紫さんが来ること。だったらさ、アルバイト募集の貼り紙さっさと剥がせばよかったのに」

「まあいいじゃないか。これ、見ろ。グルメサイトにうちの店の情報が載ってる。〝ボリューム満点の巨大バーガーがオススメ〟だってさ。おそらく、面接で来てくれた人たちが口コミで広めてくれたんだろう。ありがたいじゃないか」

兄貴は、スマホの画面を見せてきた。

「ん？　なんだこれ。〝福岡の秘境に佇むレストラン〟〝海に浮かんだ幻のレストラン〟だって。いつからレストランになったんだよ。うちは、カフェだっつーの」

「相変わらず仲よしなのね」

紫さんが笑いながら言った。

「さて、わたしは帰るけど、紫ちゃんどうする？」

「あ、私も帰ります」と答えたあと、兄貴の方を見て「えっと、お店のお手伝いは明日からでもいいでしょうか？」と訊《たず》ねた。

「うん。十時半に来てくれたらいいから」

「はい。よろしくお願いします」

紫さんは、ひらひらと手を振りながら店を出て行った。

帰り際、誰にも気付かれないくらいの小さな声でおかみさんが「あんた、あの子が好きなんでしょ」と囁いた。やはり、気付かれていたか。僕は何も言えず、その後ろ姿を見送ることしかできなかった。

ホール内にプルメリアの残り香がほんのり漂う。

翌日、紫さんは白い丸襟シャツにベージュのコーデュロイパンツで現れた。スカートの印象が強いので、パンツ姿はなかなか新鮮でよかった。髪はきゅっと一つにまとめられていて、なんだか違う人に見えた。あまり見慣れない横顔にドキリとした。つい、耳に視線がいく。ぷくっとした耳たぶに、ピアスの穴がちょんちょんと二つ見えた。

昨日から、胸がドキドキしていてずっと落ち着かない。もう、二度と会えないと思っていたから、嬉しすぎて体が火照りっぱなしだ。

「おはようございます」

「おはよう。ナルくん、今日からよろしくお願いします」

紫さんは、少し伏し目がちに言う。僕があまりじろじろ見るものだから、照れ臭かったのかもしれない。

「あ、すみません」咄嗟《とっさ》に謝った。

変な沈黙が二人の間に訪れる。兄貴は、仕入れ業者と何やら話し込んでいて、なかなか店に入ってこない。

紫さんがこの町に来た理由を考える。なぜ、戻ってきたのか。恋人を亡くしたこの町に戻ってくる意味なんてないはずなのに。

沈黙を破ったのは、マーフィーだった。ホールの床を掘るように爪でがりがりと音を立てる。

「予定日はいつ？」

「もうすぐだと思いますけど」

「病院で、ちゃんと診てもらってないの？」

「はい。猫に詳しいお客さんが色々アドバイスをくれるので」

答えながら、マーフィーのお腹をそーっとさすってやった。

「出産に、立ち会えたらいいなぁ」

紫さんは、ふふふっと頬を緩ませた。

「とりあえず、準備しましょう。まずは、トイレから――」

掃除の手順を説明すると、ふーっと息を大きく吐いて深呼吸をした。そこでようやく、状況を整理できた。ついつい顔がにやけてしまう。だって、毎日紫さんに会えると思うと嬉しくてたまらない。妄想で胸が膨らんでいく。

「あ、おはよう。紫ちゃん」

兄貴の声が聞こえた。一気に現実に引き戻される。

「おい、成留。弁当の配達は？」

「行ってきた」

「で、どんな人だった？」

「普通のＯＬさんっぽい感じ」

兄貴の顔を見ずに答えた。視線を合わせてしまうとボロが出そうな気がしたからだ。

「へえ。普通のＯＬがなんで〝運動会のお弁当みたいな感じ〟って注文してきたんだろうな？　この時期、運動会なんてないよな？」

兄貴は容赦なく問い詰めてくる。

「たまーに食べたくなるじゃん、そういうの。お母さんの作ったお弁当っていうかさ。唐揚げとかウインナーとかが入ってる定番のやつ」

「んー」と納得のいかない顔で腕を組む。

今朝、弁当を届けてほしいという注文があった。実際には、数日前にマホちゃんから頼まれていたもので、お父さんには内緒にしてほしいとお願いされた。詳しい理由は教えてくれなかったが、あまり深くは追求しない方がいいだろうと思い、言われた通りにした。誰にも見られたくないから、近くのショッピングセンターの駐車場に車で来てと頼まれた。頼られて嬉しいという気持ちよりも、何か悪いことをする共犯者の気持ちだった。

店の改装中、少しでも売り上げになればと考え、ワゴンで弁当の販売をしていた。なかなか好評で、お客さんからはこれからも続けてほしいと頼まれたが、最近はほとんど受け付けていない。兄貴には常連さんからどうしても一人分作ってほしいという注文があったと伝えたら、しぶしぶ受けてくれた。

なぜ、しぶったのかというと、これもマーフィーの法則による教訓だ。『一度認めた例外は次からは当然の権利となる』という一節がある。つまり、たった一人のためにお弁当を作ることをヨシとしてしまったら、次からは断れなくなってしまうと危惧したから。

それは、僕でもわかる。だけど、他でもないマホちゃんからのお願いだ。生意気だけど可愛い姪っ子のためとあっては断るわけにはいかない。

もしかしたら、マホちゃんは忙しいお母さんにお弁当を作ってと頼めなかったのではないだろうか。だから、お父さんに頼んだのかもしれない。直接頼めなかったのは、家族のルールを守ったからに違いない。

兄貴は離婚の際、元奥さんに「ちゃんと子供を育てること」という条件をつけた。ごく当たり前のことだけど、わざわざそんな条件を突きつけたのは元奥さんがちゃんと子供を育てられるような人ではなかったからだろう。詳しいことは、僕にはわからない。だけど、マホちゃんが素直ないい子に育っていることを考えると、元奥さんは兄貴に言われた通りちゃんと子供を育てている。過去は過去、と僕は思うタイプだけど、潔癖で完璧主義な兄貴はそれが許せないタイプだ。何かしら、二人の中での信頼関係がなくなってしまったことは明白だった。

今日は、小学校の歓迎遠足があるらしい。六年生のマホちゃんは、一年生の女の子の手を引いて目的地まで誘導してあげる大事な使命がある。ランチタイムには、一緒にお弁当を食べなければいけない。このルールは、僕が小学生のときから変わっていない。

お姉さんとしての見栄を張るためにも、お弁当は立派でなければいけないと考えたのだろう。現に、僕が待ち合わせ場所に着くなり、「ナル兄ちゃん手伝って」と弁当箱を渡された。使い捨て容器をそのまま持っていきたくなかったからではないだろうか。あくまでもそこは、お母さんに作ってもらったお弁当に見えなければいけないから。

そんなことがあったなんて、もちろん兄貴には内緒だ。僕は、変に勘繰られないよう努めて平静を装った。

「それにしても、時間かかったな？　どこまで、持っていったんだ？」

兄貴は、更に訊いてくる。正直に、マホちゃんに頼まれて家の近くまで届けたとは言えない。板挟みになって辛いけど、ここはマホちゃんのために黙っておくことにする。

「えっと、駅の方かな」

「どこの駅？」

何か、勘づいているのだろうか。こんなにしつこく訊いてくるなんておかしい。

「加布里《かふり》駅の方だったかな。いやぁ、お客さんがなかなか来なくてさ。待ちくたびれたよ」

「ふーん。次からは、五名以上じゃないと注文は受けられないって言えよ」

「わかったわかった」

ふーっと、息を吐いた。背中がじわりと汗をかく。

「成留、ちょっと買い出し行ってきてくれる？」

「はあ？　なんで今言うんだよ。開店まで時間ないってば」

「紫ちゃんいるし、大丈夫だよ」

「いやいやいや、これから紫さんにテーブルセッティングの手順とか色々教えないといけないから」

「俺が教えとくから、おまえは買い出しに行ってこい」

「ダメだよ。だって、兄貴は厨房担当だろ？　僕がホールのこと教えた方が絶対いいって」

意地になって食い下がった。

「あ、私だいたいのことはわかるから」

紫さんが言う。

「いや、でも。店内リニューアルしたから、色々変わったところとかあるし」

「大丈夫だよ。俺がちゃんと教えるし」

僕の必死の抵抗なんて、兄貴の強引さには敵わない。観念するしかないか。

不貞腐《ふてくさ》れながら、「わかったよ。行ってくればいいんだろ」と、レジ横に置いた車の鍵を取った。

「あれ？　ナルくん、車の免許持ってたんだ」

紫さんが不思議そうに言う。

「はい。冬休みに、合宿所に行って取ってきました」

「バイクは？」

「ありますけど……」

去年の夏、紫さんをバイクの後ろに乗せようとして断られたことを思い出した。

「じゃ、行ってこい。これ、メモ」

兄貴は、僕を追い出すように見送ると「紫ちゃん紫ちゃん、今日のまかないなんだけどさ……」と厨房に手招いた。二人が仲よくしている姿を恨めしそうに見つめ、僕はくるりと背を向けた。

カウンターに置かれた西日本新聞《にしにっぽんしんぶん》の一面には、誘拐事件の記事が載っていた。見出しに書かれた文字を見て、忌々しい記憶が甦《よみがえ》る。

『近所で怪しい男の目撃情報』

こないだ、公園のアスレチックで泣いている三、四歳くらいの女の子に「どうしたの？」と訊ねたら「下りられなくなった」というので、抱っこして下ろしてやった。「お母さんは？」と訊ねると、いないことに気付いてまた泣き出した。仕方がないので、ちょっと離れたところで見守っていると、すぐに母親らしき人が現れたので会釈した。当然、僕はお礼を言われるだろうと思っていたのに、なぜか睨まれてしまった。

おそらく、母親は僕が子供を泣かせたと勘違いしたのだろう。または、無理やり連れ去ろうとしたとでも思ったのかもしれない。弁解するのもなんだか変だと思ってその場を後にしたけれど、なんとも言えないモヤモヤ感が残った。もし、あのとき女の子がいなくなっていたら、僕は容疑者の一人として扱われただろうか。「怪しい男に声をかけられていた」と誰かが証言するのだろうかと想像して怖くなった。

あれ以来、僕は泣いている子や迷子を見つけても声をかけることができなくなってしまった。きっと、こういう出来事は珍しくないんだろう。だけど、ちょっぴり悲しい。人でも動物でも助けられるものは助けたい、それが僕の想いだ。

ホームセンターでマーフィーのドライフードを買って、パン屋で注文していたバンズと食パンを受け取って、スーパーで牛乳と生クリームを買うとダッシュで店に戻った。

まだ、店内は空《す》いていた。小説家志望の平永《ひらなが》さんが本棚の前に座ってパソコンを睨みつけていた。こないだ、新人賞の二次選考を通過したらしい。例の彼女とは、師匠と弟子のような関係になってしまい、恋人同士になれる確率は以前よりも低くなったと嘆いていた。好きな人の秘密なんて知らなければよかったと苦笑しながら。

兄貴の言葉が身に染みる。

——真実を知ることが必ずしも正解だとは限らない。

それでも僕は、真実が知りたいと思う。

去年の夏。僕は、紫さんの婚約者の死の真相について、いろんな可能性を取捨選択して答えを導いた。紫さんが納得できればそれでいいと思って導き出したもので、正解だったかはわからない。今となってはもう知る術《すべ》がないのだからどうしようもない。この町に戻ってきたのは、懐かしさからなのか、それとも……。

訊きたいけれど訊けないから、僕は何事もなかったかのように接する。バカみたいだけど、今の僕にはそれしかできないから。

「紫さん、エプロン買ってきたんですけど」

言い終わらないうちに、すっと紙袋を渡した。さっき、ホームセンターで見つけて、似合いそうなので買ってきた。

「わぁ。私に？　ありがとう」

笑顔で受け取ると、丁寧にテープを剥がしていく。

「本当は、オシャレな雑貨屋とかで買いたかったんですけど、急いでたもんで」

ごにょごにょといいわけをして照れ臭さを紛らわす。

「あ、可愛い。もしかして、これって……」

袋の中を覗くと、ぱあっと笑顔になった。

「はい。ラベンダー色です。紫さんっぽいなと思って」

「嬉しい。大事に使うね。ありがとう」

礼を言い、さっそく身に着けてくれた。

「どう？」

腰に手を当て、モデルポーズをして訊いてくる。こういうおちゃめなところも可愛い。

「最高に似合ってます」

ぐっと親指を突き出す。照れ臭いので、やっぱり直視はできない。

「今日の日替わりは、ナポリタン目玉焼き載せだ。先に、そら豆の冷製ポタージュと、春キャベツと筍《たけのこ》のサラダを持っていくのを忘れずに」

「メニュー聞いただけで美味しそう。春野菜を使った料理は、まだ食べたことがないから楽しみ」

「これから毎日、まかないで食べられますよ」

「ふふふ。それ狙いでここのアルバイトに来たんだから。なんてね」

冗談ぽく言って、目を細めた。

紫さんは、ずっと明るいけれど、なんだかそれが空元気に見えて切なくなってしまう。去年の夏もそうだった。また、一気に溢れ出てしまいそうで、僕は怖い。

正午を過ぎると一気にお客さんが流れ込んでくる。兄貴は、コンロの上でたくさんの鉄板を熱していた。この上に、ナポリタンを盛り付けるのだ。半熟とろとろの目玉焼きを真ん中に載せて提供する。最初から豪快に混ぜるもよし、味変に使うもよし、別々で味わうのもまたいい。『キッチン・マホロバ』の売りはなんといっても卵料理。全ての料理に卵が使われている。これは、母ちゃんのこだわり。

紫さんは、てきぱきと注文を受け、流れるような仕草で伝票を通す。あうんの呼吸で兄貴とカウンター越しにやり取りする。

僕は、負けじとホールを回り、お客様を誘導し、回転させる。

「紫ちゃん、ちょっと」

兄貴が呼んだ。紫さんが、厨房へ入って行く。僕は、中が気になる。覗こうと首を伸ばしたが、柱が邪魔でよく見えない。サラダを取りにいくついでに厨房を覗いたら、兄貴がハサミで紫さんのエプロンについたタグを取り外しているところだった。

「あ、すみません。ありがとうございます」

紫さんは、頭を下げる。そのとき、ほんのわずか頬が赤く染まったのを僕は見逃さなかった。心臓がどん、と殴られたように痛い。

二時半を過ぎた頃から、お客さんがまばらになった。食べたらすぐ出る、という暗黙のルールはこのぐらいの時間になると緩くなる。デザートだけを食べに来たりする人もいれば、コーヒーだけを何杯もおかわりして過ごす人もいる。

「あの」と声をかけられたのは、三時過ぎだった。

三十代半ばくらいのカジュアルな服装をした女性だった。化粧はほとんどしておらず髪もクリップで留めただけで、小さな手提げ袋一つというラフなスタイルだったことから、観光客でないのはすぐにわかった。この辺りに住んでいる人だろうか。

「なんでしょう？」僕は、テーブルを拭いていた手を止めた。

「謎解きカフェって聞いたんですけど」

女性は、前髪をいじりながら言う。

「ありがたいことに、そんなふうに呼ばれてるみたいですね」

いつからか、噂を聞いて店を訪れる人が増えた。以前は、店の場所がわかりづらかったが、リニューアルに伴い大通りに看板を出したことが功を奏した。アルバイト募集の貼り紙効果もあるだろう。マーフィーについて行ったら、この店に辿り着いたという人がたまにいるけど、それはごく稀である。まあ、そういうところも謎めいていていいと思う。

「ちょっと、聞いてほしいことがあるんですけど、いいですか？」

彼女の伝票を見て、はっとする。コーヒーのおかわりをもう五杯も頼んでいた。僕に話しかけるタイミングを見計らっていたのだろう。あまりにも忙しくて、彼女の様子に気付いてあげられなかったことを悔いた。

「ちょっと待ってください。よかったら、カウンターに移動しませんか？」

僕は、兄貴に視線を送る。

「このお店にも、猫ちゃんがいるんですね」

カウンターの椅子に腰かけるなり、彼女は言った。マーフィーが僕の足元に絡みつく。

「はい。〝このお店にも〟ってことは、お宅でも猫を飼われてるんですか?」

「ええ、まあ……。いや、飼ってるというか……」

曖昧な返事をして、苦笑した。

「それでは、お店も落ち着いてきましたし、ご相談を承りたいと思います」

トイレチェックから戻ってきた紫さんが、張り切った声で言った。なんだかこの感じ、とても懐かしい。

「お願いします」女性が頭を下げる。

「では、まず、軽い自己紹介からどうぞ」

「あの、お金とかかかるんでしょうか?」

彼女は、恐る恐る言う。

「えっ、まさか」

僕は、顔の前で手を振り否定した。

たまに、占い気分で悩みを相談しに来る人がいる。僕たちは医師でもなければ預言者でもないから、体の不調を訴えられてもどうしようもないし、学校や会社での愚痴を話されてもアドバイスくらいしかできない。あくまでも、謎を解くことが僕たちの最大のおもてなしなのだ。彼女は、よかったと胸を撫でおろすように微笑むと喋り出した。

「わたしの名前は天田千穂子《あまだちほこ》と言います。三十五歳です。市内のファミレスと家の近くのコンビニを掛け持ちして働いてます。離婚して、今は一人です。子供はいません。実家は、大野城ですけど、両親はもう他界していて頼る人もいません。専門学校出て、就職して、職場結婚して……。十年前に離婚しました……。こんな感じで大丈夫ですか？」

「十分です」僕は、満面の笑みで答える。急かしてはいけない。話を最後までちゃんと聞く。これが、謎解きの極意なのだ。以前、マホちゃんと紫さんから注意されたことがあり、それからは気を付けている。

「わたし、古い一軒家に住んでるんです。以前から、愛島に移住したいなとは思ってたんですけど、なかなかきっかけがなくて……。半年前にやっと決心がついて思い切って買いました。平屋でお庭もあって相場よりかなりお安いと不動産屋さんに勧められて。この歳でフリーターみたいな生活してて恥ずかしいんですけど、でももう誰かと一緒に暮らすことはないと思ってるし、どうにか食べてさえいければいいかなって。それなりに楽しく生活してます。たまに、友達が遊びに来てくれるんですけど……。その友達が変なことを言うんですよ」

「変なこととは？」

紫さんは、興味津々に天田さんの隣に腰かけた。マーフィーがぴゅんと膝に乗る。

「『猫の名前はなんて言うの？』とか、『いつから猫飼ってるの？』とか。猫なんて飼ってないのに」

「どういうことっすか？」僕は、言ってる意味がわからず訊ねた。

「それがわたしにもよくわからないんですけど、だいたい来てすぐぐらいにみんなそう言うんですよ。ソファの上にいたとか、ベッドの上にいたとか。触ろうとしたら逃げてったとか。でも、わたしが部屋を見回しても猫なんていない。だから、『猫なんて飼ってないよ』と言うと、みんな『嘘でしょう』って笑うんです。まるでわたしが冗談でも言ったかのように。でも、本当にわたしは猫なんて飼ってないんです」

切実に訴えてくる。まるで、誰も信じてくれない話をしているかのように。

「猫の幽霊」僕は、聞こえないくらいの声で呟いた。

「ふむふむ。それで、お友達はどんな猫を見たって言ってました？　色とか体格とか見た目はわかりますか？」

伝票の裏にメモを取りながら紫さんが訊く。

「色は、オレンジに近い明るい茶色のトラ柄って言ってました。それから、体はそんなに大きくないとも言ってました」

「茶トラの若猫かぁ。てことは、オスかな」

紫さんは、ペンをほっぺたにつんつんとやりながら頷いた。

「なんで、オスってわかるんですか？」

僕が訊いた。

「三毛猫のオスが珍しいっていうのは聞いたことあるでしょう。三万匹に一匹の確率だそうよ。茶トラはその反対で、オスの方が多いの。まあ、割合的には八対二くらいと言われてるから、メスの可能性もないわけではないけど」

僕も天田さんも、へぇーと感心して頷いた。

「それで、謎は解けたんすか？」

「ううん。まだわからないわ」と首を振ったところで、ぐぅーとお腹が鳴った。

紫さんは、はっとほっぺたを押さえ恥ずかしそうにうつむいた。

「ランチ、召し上がりましたか？」

兄貴が厨房から顔を出し、天田さんに訊いた。

「いえ、すみません。なんか、緊張しちゃって……。まだ、食べてません」

「緊張なんてしなくていいのに。でも、わかるわ。人に何か相談するときって勇気いりますよね」

紫さんが優しく同調した。

「はい。このことを同僚とかに話すと、気味悪がられるんです。寂しい女が猫の亡霊に取り憑かれたみたいな感じで……」

　ふーっと、天田さんは肩を落とす。

　気味悪がられるのは、なんとなくわかる気がする。天田さんからは、覇気が感じられない。自信のなさからくるものなのか、常に伏し目がちで猫背だ。古い一軒家に女性が一人で移住してきた、となればちょっと変わった人と思われてしまうだろう。そんな人から、見えない猫がいるなんて話をされたら不気味だ。

「じゃ、みんなでお弁当でも食べようか？」

「なんで、弁当？」

　兄貴が言って、僕が首を傾げる。

「一人分の弁当ってさ、難しいんだよ。色々余っちゃったから、みんなで食べよう」

　兄貴は、鉢盛用の大きな皿をカウンターに載せた。卵焼きや唐揚げ、春巻きにポテトサラダ、そしてランチの残りのナポリタンが盛り付けられていた。飾り用に刳《く》りぬかれたニンジンやパプリカの花がちりばめられてとても美しい。

「お花見弁当って感じね」

　紫さんが、窓の外を指す。店の前にある桜が、見頃を迎えていた。きっと、雨が降れば花弁は散って、もう見られなくなる。桜は儚《はかな》いから美しいのだ。

「食べながらでいいので、もう少しお話を聞かせてください」

兄貴が取り皿とお箸を置きながら言った。

「ありがとうございます」

「いただきまーす」勢いよくおにぎりをつかんだ。

「俺も呼ばれていいですか？」

パソコンと格闘していた平永さんも席を立ってやってきた。

「さっき、カツレツ三種盛り食べましたよね？」

僕は、ちょっといじわるに言ってみる。

「いやいやいや、脳を使うと腹が減るんだよ」

眉間に皺を寄せ、取り皿に手を伸ばす。

「どうぞどうぞ。みなさんつまんでください」

「美味しい、この唐揚げ。ニンニクとショウガがきいてて、お醤油の味がよく染み込んでる。そんで、後味がほんのり甘い」

紫さんが目を細めて唸《うな》る。リスのように頬を膨らませながら。久しぶりに、紫さんがご飯を食べる姿を見た。この人は、本当に美味しそうに食べる人だ、と見惚れてしまう。

「さきほど、家に遊びに来た友達みんなに言われると仰いましたが、猫を見たというのは、一人ではないんですね？」

兄貴が訊いた。

「はい。数人に言われました。昔の同僚と、地元の友達が遊びに来たときに」

「それは、別の日ですか?」

「はい」

「数人の証言者アリか」

兄貴は、こめかみをトントントンと叩く。

僕は、猫の幽霊説を考えていた。

「あの、ちょっと言いにくいんですけど、昔飼ってた猫じゃないですか? 例えば、拾った猫を大事に育てたけれど事故とか病気とか、老衰以外で死んでしまったとか」

幽霊というとちょっと怖いけど、会いたい思いが強ければ死者に会えるのではないかとちょっと信じている。そういう類の物語は嫌いではない。昔助けた猫の恩返しだったら感動的だ。

「いえ。猫を飼ってたことはありますが、そういう不幸な死を迎えた猫はいませんでしたけど」

「そうですか……」僕は、肩を落とす。やっぱり、そんな非科学的な推理では納得してもらえないか。

「猫を飼っていたのは、いつですか?」

今度は紫さんが訊いた。

「小さい頃に実家で飼ってました。それから、結婚してからも。でも、夫が絶対に猫だけは置いてけって言うから、仕方なく置いてきましたけど」

「じゃ、その猫が会いにきたとかは考えられないかしら？」

「いえ、それはないです。だって、飼ってた猫は茶トラではなくて鉢割れでしたから」

天田さんが申しわけなさそうに答える。

紫さんが、助けを求めるように兄貴の方をちらりと見た。

「うーん。あなたは、猫を見たことがない。だけど、お友達は見たと言っている。それも、別々の日に」

兄貴はこめかみを更に早い速度でトントントンと叩き始めた。

「ちょっと、部屋の間取りを教えてもらっていいですか？　できるだけ細かく。例えば、家具の置き場所とかも」

なぜ、間取りなんて訊いているのだろう？

「ここに、ソファがあって、テレビがあって、こっちがキッチンで、ここに食器棚が……」

天田さんは、ペンで書きながら兄貴に説明していく。

「ふむふむ。なるほど」

「どういうこと？」

「それでは、ちょっとした実験をやってみましょう」

「実験？」

僕と紫さんと天田さんの声が重なる。

「まず、その猫に名前をつけましょう。何がいいですか？」

「え？　そんな急に言われても」

「イメージしてみてください。自分の部屋に猫がいる。茶トラの若いオス猫です。どんな名前だったらいいか……」

「じゃ、トラ吉《きち》で」

「いい名前だ。では、その名前で毎日呼び掛けてみてください」

「はあ」天田さんは、ちょっと首を捻りながら返事をした。

「それから、かつお節でも煮干しでもいいので猫が好きそうなものをお皿の上に載せて、テーブルの下にでも置いてみてください。帰宅して、そのお皿が空になってたら、次は猫用のトイレを置いてみてください。きっと、おもしろい発見があると思いますよ」

兄貴は、自信満々に頷いた。

「それで、終わり？　ちゃんと、謎解きしないと」

僕は、思わず声を上げた。

「起こる可能性のあることは、いつか実際に起こる」

兄貴はそう言うと、おにぎりに豪快にかぶりついた。マーフィーがシャランと鈴を鳴らし、外へ出て行く。

天田さんは、「ありがとうございます。とりあえずやってみます」と言ったものの、いまいち納得のいかない表情で帰っていった。そりゃそうだろう。謎解きカフェと聞いてやってきたのに、怪しい占い師からのような助言しかもらえずに帰らされたのだから。

夕方、またしても買い出しに走らされた。車の免許を早く取った方がいいぞ、としつこく勧めてきたのはこのためか。バイクでは運ぶのに限界があるが、車であれば重いものでも嵩張《かさば》るものでも運べる。一度にまとめてくれたらいいのに、と不満を漏らすと「おまえが店を出て行ったあと、メモの書き忘れに気付く」なんてマーフィーの法則の一節のようなことを言う。それも、悪びれる様子もなく堂々と言うから、こちらは何も言い返せなくなる。百歩譲って、こきつかわれるのは構わない。今、僕の大学の学費を払ってくれているのは兄貴なのだから、そこは甘んじて受け入れよう。だけど、僕のいない店内で、兄貴と紫さんが二人きりになるのが嫌なのだ。

エンジンをかけながら、最短時間で帰ってくる方法を考えていた。食洗器専用洗剤と乾電池とキッチンペーパーとゴミ袋とレタスを一つの店で買うとしたら、最寄りのスーパーでは無理だ。食洗器専用洗剤は、どこでも置いているわけではない。食品を扱っているドラッグストアはあるけれど、国道沿いなので帰ってくる頃には大渋滞になっている。やはり大型のスーパーに行くのが確実だろうと考え、車を走らせた。

山道を通っていくルートが一番早い。対抗車が来ないことを祈りながら細い道に入って行く。中古のバンは年季が入っていて、走行中のエンジン音がうるさい。しかも、マニュアル車ときた。左手でのギア操作に加え、両足を器用に使いクラッチとアクセルとブレーキを踏みかえる。特に、半クラッチからの切り替えが難しい。やっぱり、坂道はちょっと苦手。男がオートマなんてかっこ悪いぞ、と兄貴に乗せられてしまったことを思い出した。教習所の先生から、いまどき珍しいなと言われて、ようやく兄貴の魂胆に気付いた。

大型スーパーで一気に買いものを済ませ、車に乗り込んだ。時間を確認すると、五時を過ぎていた。早く帰らないと兄貴に叱られてしまう。慌てて出口を目指すが、なかなか車が進まない。どこか、空いている出口はないかと辺りを見回していたら、見覚えのあるツインテールの女の子を見かけた。マホちゃんかと思い、窓を開けて確かめる。しかし、隣にいる中年男性に見覚えがない。見間違いかと思い、窓を閉めようとスイッチを操作した。そのとき、女の子が「触らないで」と叫んだ。手を止め、じっとその姿を見つめる。女の子はそのまま、中年男性に背中を押されて車に乗り込んでいく。

ふと、午前中に見た新聞の記事が脳裏を過《よぎ》る。「まさか、誘拐？」いやいや、そんなわけがないと首を振る。ただの親子だろう。父親が泣いている娘を宥《なだ》めて車に乗せようとしているだけだと自分に言い聞かせる。女の子は泣いてこそいたけれど、無理やり乗せられている感じではなかった。自分の足で後部座席に乗り込んでいた。強要されているのではない。僕の思い過ごしだ、と自分に言い聞かせる。

そうは思いつつも、心配になる。車は少しずつ進む。後ろの車にプッとクラクションを鳴らされた。後ろ髪を引かれる思いでハンドルを握り、ブレーキから足を離した。ゆっくりと車を走らせながら、もう一度女の子の乗り込んだ車を振り返った。だけどもう、女の子を乗せた車はそこになかった。

店に着くなり、マホちゃんの携帯に電話をかけたが、電源が入っていないと告げられた。まさか、と鼓動が速くなる。西日本新聞の記事をもう一度見る。「犯人はまだ捕まっていない」「白いセダンの目撃情報あり」「福岡、熊本《くまもと》、佐賀《さが》で起きている事件」

さっき見た車は、白のカローラだったことを思い出し、いてもたってもいられなくなった。見間違えや勘違いならそれでいい。でももし、マホちゃんだったら……。

「兄貴、元奥さんに電話してくれない？」

「なんでだよ」

「さっき、マホちゃんらしき女の子が白いカローラに乗るのを見たんだ。中年の男に促されて乗っていた。女の子は泣いてたんだ「触らないで」って叫びながら」

　興奮しながら伝えた。

　兄貴は何も言わずにスマホを取り出し、タップした。

「あ、俺。マホは？　あ、うん。ああ、うん……」

　電話の内容はわからないが、兄貴の表情は暗い。声のトーンもいつもより低めだ。焦ったり取り乱したりしないのはそういう性格だからであって、決して安心していい理由にはならない。

　兄貴は電話を切ると、静かにスマホをポケットに入れた。

「マホちゃんは？」

　心配そうに紫さんが訊く。

「大丈夫。安心しろ。マホは誘拐なんてされてない」

「なんだ、僕の見間違いか。よかったぁ」

　ふっと息を吐く。

「いや、見間違いじゃないぞ。おまえが見たのは間違いなくマホだ」

「どういうこと？　じゃ、あの中年オヤジはいったい誰なんだよ」

「ヒカルの恋人だ」

「へ？」と、僕はまぬけな声を出す。

　ヒカルとは、元奥さんの名前だ。

「嘘だろ？　恋人ってまさか。だって、四十は軽く越えてる感じだったよ。兄貴とは似ても似つかない、どっからどう見てもオッサンだった。本当に？　元奥さんはなんて言ってたの？」

　僕は、どうしても信じられなかった。

「間違いないってさ。ヒカルが仕事で遅くなるときは、その男が塾に迎えに行くらしい。スーパーに寄ったのは、夕飯の買い物を頼んだからだろうって。マホも無事だから心配いらないってさ」

　兄貴は、完全に元奥さんの言ったことを信じているみたいだけど、僕はそうは思えなかった。今朝のお弁当のことが引っかかる。

「ねえ、元奥さんはさ、ちゃんと子育てしてるの？」

「なんで、おまえがそんなこと訊くんだよ」

「だって……。マホちゃん泣いてたんだよ」

「泣いてた理由は、わからないらしい。本人が頑《かたく》なに話さないんだとさ」

「兄貴は、その理由知りたくないの？　父親だろ？」

「うるさいな」

　兄貴は声を荒らげると、厨房に入って行った。

「すみません。すぐにお持ちします。お待ちください」

後ろで、紫さんが直角さんに謝っていた。直角さんはナイフでグラタンを食べようとしていた。どうやらシルバーを間違えて持って行ってしまったらしい。

「あ……」直角さんは、ぽかんと口を開けて小首を傾げる。怒っている様子はない。僕はほっとして紫さんにフォークを手渡した。


「ねえ、マーフィーの様子がおかしいいんだけど」

ディナーのお客さんが全員帰った頃に、紫さんが言った。

「ん？」と僕は、腰を屈《かが》める。マーフィーはカウンターの縁《へり》に体をもたせかけて、息を切らしたように呼吸をしている。

「今日、全然ご飯食べてないのよ。なんか、元気もないし」

「ごめんな。今日、全然かまってあげられなくて」

マーフィーの頭を撫でてやる。いつもなら、みゃーと鳴くところなのに、何も言わない。

それどころか、呼吸が荒く辛そうだ。

「もしかして、悪阻《つわり》なのかしら」

「猫にも悪阻とかあるんですか？」

「さあ。でも、一度も病院で検査してもらってないのよね？」

「はい。なんか、ぐったりしてきましたけど」僕は、急に焦り出した。マーフィーの体がだんだん小さくなっていく。

「心配だわ」

「病院、行ってこいよ」

兄貴に言われ、僕と紫さんは急いで車に乗り込んだ。紫さんの膝の上でぜーぜーと息を吐くマーフィー。どうしてやることもできない僕たちは、代わるがわる背中を撫でてやった。時折、僕の手と紫さんの手が触れる。こんな状況でもドキドキしてしまう自分が情けない。今は、マーフィーの無事を一番に考えないといけないのに。

車で四十分ほどの場所にある二十四時間対応の動物病院は混んでいた。待合室には、犬や猫だけでなく、文鳥やウサギまでも籠に入れられて待たされていた。病院内は、動物たちの鳴き声がどこからともなく聞こえてくる。それはもう悲鳴にも似た叫びだった。

「水城さん。水城マーフィーちゃん」と呼ばれて、診察室に入って行くと、白衣を着た白髭が立派なじいさんがいた。この人が、先生か。まるで、仙人のようだ。

「あの、妊娠してるみたいなんですよね」という僕の言葉が聞こえなかったのか、先生は「はい、そこに乗せて」と促した。言われるままにマーフィーを黒いゴムの張られた台の上に乗せる。数字が表示され、体重計になっていたことに驚く。先生がマーフィーのお腹をさすってうーんと唸った後「ちょっとー」と誰かを呼んだ。カーテンの向こうから現れた中年女性が体温計を渡すと、それをマーフィーのお尻につっこんだ。マーフィーは今にも泣きそうな表情で堪えている。「大丈夫大丈夫」と宥めるように先生が言う。マーフィーは、だんだん元気がなくなっていく。

触診が終わるとエコー検査が始まった。マーフィーは、尋常じゃないほど震えていた。僕は祈るように背中をさする。

「はいはいはい」先生は、てきぱきと機械を操作する。初めて見るものばかりで戸惑ってしまう。

僕はマーフィーを抱きかかえたまま、モニターの画面を見る。黒いペンで画用紙にぐじゃぐじゃと塗りたくったような画面で、何が映っているのかさっぱりわからない。

「えーっと、うん。四匹かな」

先生は、のんびりとした声で言った。先生の顔は髭と皺に覆われていて、いまいち表情がわからない。

「それって、赤ちゃんの数ですか？」

「そうそう。ほら、ここ。心臓が四つ見える」

言われても、よくわからない。

「えっと、いつごろ生まれるんすかね？」

「もうすぐだと思うけどね」

そんな曖昧じゃ、ここに来た意味ないじゃないか。獣医師なんだから、もっとはっきりしたことを言ってほしい。

「いつごろですか？」もう一度訊いた。

「とりあえず、帰ったらすぐ産箱に寝かして、バスタオルとか敷いてあったかくしてやってよ。破水して二時間たっても産まれなかったら連絡して。分娩が始まったらあまり手は貸さなくていいから――」

「いやいやいや、そんなこといっぺんに言われても僕どうしていいかわかりませんよ。ほっといたら、勝手に生まれてくるもんなんすか？」

おろおろする僕を落ち着かせようと思ったのか、紫さんがトンと背中に手を当てた。そこがじんわりと熱を持つ。

「初めて？」

「はい」

「君じゃなくて、この猫ちゃんは初産？」

「たぶん」

「あ、そう。じゃ、これからのことは、受付で詳しく聞いて帰って」

先生はカルテに何やら書き込むと、次の患者を呼んだ。

それから、受付の女性が準備するものや気を付けることを十分ほど説明してくれた。僕は、はいはいと頷くものの頭には何も入ってこなかった。不安な思いでマーフィーを抱いていた。命の重みを感じた。ここにいくつもの命があると思うと手に力が入った。

ふと隣を見ると、紫さんがスマホにメモを取っていた。頼りない僕を見かねたのだろう。凛とした表情で説明を聞き、力強く頷いていた。

病院を出ると、紫さんにマーフィーを渡し、車に乗り込んだ。ゆっくりと発車させる。マーフィーは落ち着いたのか、しばらくすると眠ってしまった。しーんとなった車の中で何か話そうと気が焦った。ついつい、スピードが上がる。

「あの、訊きたいことがあります」

僕は、腹に力を込めた。

「私も、ナルくんに話したいことがある」

えっと息を呑む。なんだろう。そんなふうに改まって言われるとビビってしまう。

「なんすか？」平静を装って訊いた。

「ナルくんからどうぞ」

「あ、はい。えっと……。この町に戻ってきた理由とかってあるんですか？」

「うん。私もそのことを話そうと思ってたの」

「え？」

「あのね、ナルくん……」

「はい」

ハンドルを握る手に力が入る。

「カサの話、覚えてる？」

「もちろんです。紫さんと彼の出会いは傘がきっかけだったんですよね」

「うん。それから、彼の最後に見たものも暈だった。そう、ナルくんが推理してくれたわよね？」

「はい」

紫さんの恋人だった人は、欅《けやき》の大門《おおと》のあたりを回る遊覧船から海に落ちて亡くなった。事故なのか自殺なのか。彼の死の真相を確かめるために紫さんはこの町を訪れたのだった。

僕は、紫さんの彼の死は自殺ではなく事故だったと推理した。遊覧船に同乗していた人の目撃情報や、彼がプロのカメラマンだったことや、紫さんに送ったメールの内容などから導き出した。

——彼は、空に暈を見つけた。そして、夢中でシャッターを押し続けた結果、海へ落下してしまった。

でも……。それを確かめる術はもうない。

「それをね、確かめることができたのよ」

紫さんは、興奮しながら言った。

「まさか、そんなことできるわけがない。だって、彼のカメラもスマホも見つかっていないんですよね」

「うん。だけどね、彼はちゃんと証拠を残してたの」

「どういうことっすか？」証拠とは、遺書でも見つかったのだろうか。

「私、彼の両親に会いに行ってきたの。最初は、門前払いされたわ。あなたのせいで息子は自殺したんでしょうって。私が、彼を追い詰めたひどい女だと思ってたみたい。どこからか、そんなふうな噂を耳にしたらしくて」

「ひどいっすね」

なぜか人は、他者の死を予想したり、憶測で物を言いたがる。悪意はないのかもしれないけど、遺された者の思いを考えた行動とは思えない。

「ううん。大切な人を亡くしてしまうってすごく辛いことよ。何か納得できる原因にすがりたい思いはよくわかるの」

「……」そんなふうに言われたら、何も言えなくなってしまう。

「それから、彼の実家に毎日のように通ったわ。ちゃんと話を聞いてほしかったから。ナルくんが導き出してくれた推理を信じたいって思ったし、その方が遺された人たちも悔いが残らないんじゃないかなって。べつに、私が悪者にされてるのが悔しかったとかそういうことじゃないの」

　紫さんは、ちょっと早口で説明する。

「ありがとうございます」

　紫さんが僕の推理を信じようとしてくれたのが嬉しかった。

「通い始めて二週間くらい経った頃、ようやく『入りなさい』って彼のお父さんが言ってくれたの」

「よかったですね」

「さっそく、ナルくんの推理を二人に伝えたわ。最初は、信じてくれなかったの。確かめようがないしどうすることもできないって。私もそんなことは百も承知で話したわ。だけど、息子が恋人にふられて自殺したというより、不慮の事故だったと思った方がいくらかマシだと思ってね」

「そうですね」僕は、頷きながら同調する。

「それから、三日くらいして電話があったの。すぐに、家に来てほしいと」

「……」ごくっと唾を飲み込む。続きが気になる。

「彼の仕事用のパソコンが居間の机の上に置いてあって、見てほしいって言われたわ。もしかしたら、これに何か残ってるんじゃないかって」

彼の両親は、遺品として受け取って段ボール箱に詰めたままだったことを思い出したらしい。

「パソコンですか……」どういうことだろう。パソコンに遺書でも残っていたというのだろうか。「……でも、パスワードとかかかってたんじゃないですか？」

「うん。変わってなければいいなと思って、以前のパスワードを入力してみたの」

「開いたんですか？」

「うん。そういうの、マメに変えるタイプじゃないのよ、あの人」

紫さんの言った〝あの人〟に嫉妬しながら話の先を急いだ。

「それで？」

「仕事のフォルダがたくさんあって、一つ一つ見ていくのにはかなりの時間が必要だった。それに、パソコンは彼が泊まっていた宿、ひまわり荘にあったものだから、事故に直接関係するものなんてあるわけがないと思ってたの。でもね、そこでナルくんがやってた方法を真似してみたのよ」

「僕がやってた方法ってなんすか？」

「気になるワードを入れて、スマホで検索するっていう方法」

「ああ」

「ぼんやりとだけど、撮った写真を別のところに保存する方法ってないかなって考えたの。

スマホの容量がフォトデータでいっぱいになったとき、パソコンに移してたことを思い出して」

「まあ、それは可能ですけど」

彼が生きていればそうしただろう。だけど、誰がそんなことしてくれる？

「勝手にやってくれる機能があればいいなぁって。そしたら、彼が海に落ちる寸前に撮ってた写真が残ってるかもしれないって。そういう設定があるかもしれないって検索してみたら、本当にあったのよ」

「えー、そんなことできるんすか？」

「うん。スマホで撮った写真をパソコンに自動転送できる機能があったのよ」

「まさか、写真が残ってたんすか？」

「そうなの！」紫さんが声を弾ませる。

「ウソでしょ」僕は、奇跡でも起こしたような気持ちで助手席を見る。紫さんを悲しませたくないと必死に推理したことを思い出した。

「彼が最後に撮ったもの——それは〝暈〟だったのよ。青い空にね、光る輪っかが写ってたの。すっごく、幻想的で綺麗だった。それを見たとき、私感動して泣いちゃった。だって、ナルくんの推理が正しかったって証明されたんだもの。それは、彼が自ら命を絶ったんじゃないってことの証明でもあるのよね」

紫さんは、興奮して言った。

「信じられない。でも、よかった。本当によかった」

「うん。ありがとう。それを伝えたかったんだ」

僕の謎解きが誰かのためになったことを喜ぶ一方で、このことをどう受け止めればいいのかわからなかった。事故から、もうすぐ一年が経つ。紫さんは、恋人の死の真相がわかり、それで何か心境の変化でもあったのだろうか。時間が解決してくれる、なんて言うけど本当なのか。大切な人を思う気持ちは、永遠に消えないのではないか。

僕は決して、忘れてほしいなんて思っているわけじゃない。ただ、近くにいられるだけでいい。そして、彼女の心の拠《よ》りどころになれればいい。多くは望まない。だから、今はまだ僕の気持ちは封印しておこうと思う。


店に戻ると、マーフィーが店内をぐるぐるうろつき始めた。うーうーと唸るような声を出す。苦しそうに顔を歪める。

「紫さん、それって血ですか？」

エプロンが赤く染まっていた。

「おしるしかも。ナルくん、急いで段ボール箱を。あと、バスタオルとか毛布とか用意して」

「はい」

厨房を通って店と家を仕切る扉を開けた。

靴を脱ぎ捨てるようにして中へ入り、必要な物を探す。

そこから先は、もう何がなんだかよくわからなかった。僕と兄貴と紫さんの三人でマーフィーの出産に立ち会った。大きな段ボール箱の中に毛布を入れ、産箱を作ってやる。マーフィーの様子を外から見守る。「頑張れ頑張れ」と声をかけながら背中をさすってやったり、マーフィーに水を飲ませてあげたり、みんな必死だった。

するすると続けて生まれてくるかと思っていたら、一匹生まれて次が出てくるまで三十分以上かかった。一時間近く出てこないときは焦った。もう、みんな汗だくでバタバタと店と家を行き来する。

ようやく四匹目が生まれたときは、力がすとんと抜けた。三人で、ふーっと大きく息を吐く。なんだかやり切ったような思いで、お互いを労《ねぎら》う。だけど、誰よりも頑張ったのはマーフィーだ。

「えらいぞ、マーフィー」

「無事、みんな生まれてよかったわね」

紫さんは、目に涙をためて言った。

「初日なのに、大変だったね。お疲れ様」

兄貴が優しく声をかける。紫さんが安堵したようにふっと笑みを見せる。

僕は、車で紫さんをひまわり荘まで送った。

体はひどく疲れていたのに、心が興奮してよく眠れなかった。


翌朝、マーフィーの様子を見に行くとまさかの光景がそこにあった。

「兄貴、ちょっと来て。大変だ！」

僕は、大声で叫んだ。

「どうした？」兄貴は、血相を変えてやってきた。マーフィーに何かあったと思ったのだろう。

「見てよこれ」子猫の数を数える。「一、二、三、四、五。先生から言われてたのは、四匹だ。なのに、五匹も子猫がいる。なんで？」

「さあ？」兄貴は、腕組みして子猫を覗き込む。

マーフィーは、目をつぶった状態で五匹の子猫にお乳をやっている。ほら、飲みたきゃ飲めよとでも言わんばかりの恰好だ。

「昨日、生まれたのは四匹だったよな。こいつとこいつとこいつとこいつ」指さし確認して昨日の夜のことを思い出す。確かに、四匹と先生は言ったし、僕たちが確認したのも四匹だった。

「こいつだけ色が違うな。それに、他のに比べて極端に小さいし」

兄貴が冷静に指摘する。黒ベースに模様が入ったやつが四匹と白色が一匹。

「もしかして、あれかな。『みにくいアヒルの子』的な？」

言いながら、そんなはずはないことはわかっていた。だってあれは、白鳥の子供がまぎれ込んでいたっていうオチなのだから。

「うーん」兄貴は、こめかみをトントンと叩き始めた。

「もしかして、昨日の幽霊猫の話と関係あるのかな？」

「それは、全然関係ないよ」

「じゃ、なんだったのあれは」

「そのうちわかるさ」

「ふーん。じゃ、この五匹目の猫はなんなわけ？」

「単なる見逃しだな」

「は？」

「よくあることだよ。五匹いるのに、四匹しかエコーに映ってなかっただけのこと。しょうがないよ。一回しか診てもらってないんだから、そういうこともあるさ」

「じゃ、僕たちが引き上げたあと、マーフィーは一人で出産したってこと？」

「そうなるな」

「すごいなマーフィー」

僕が感動の声を上げると、がちゃがちゃっと店の扉を開けようとする音がした。紫さんだろうかと扉の方に近づいていくと、マホちゃんが立っているのが見えた。鍵を開けると、「お父さん」と声を弾ませて中に入ってきた。

「おはよう、マホ」

「猫ちゃん見せて」

マホちゃんがマーフィーの真横にちょこんと座った。

「早いな。兄貴が知らせたの？」

「ああ。ちょっと、マホに訊きたいことがあってな」

う、と僕は言葉を詰まらせた。まさか、昨日の弁当のことがバレたのだろうか。

「ねえ、この猫ちゃんだけ色が違う。それに、小さい。なんで？」

さすがだ。兄貴と同じ指摘をする。

「イフカ妊娠ってやつだよ」

兄貴が優しく教える。僕は、その単語の意味がわからなかった。

「〝イフ〟は、異なるに父？　〝カ〟はなんだろう？　過ち、かな」マホちゃんが訊いた。

咄嗟に出てくるあたり、やはり賢い。

「うん。でも〝過ち〟ではなくて、〝過妊娠〟の〝過〟だけどな。異父過妊娠というのはね、一度の出産で別々のオスの子供を産むことなんだ。珍しいことじゃないんだよ」

「へえ。そんなの初めて聞いたよ」

僕は、驚きの声を上げる。

「じゃ、この子だけ、お父さんが違うってこと？」

「もしかしたら、他の子猫たちもそれぞれ違うのかもしれない。五匹中全部違うオス猫の子だったという例もあるらしい」

「ふーん。てことは、みんなお父さんが誰かはわからないんだ」

マホちゃんは、じーっと子猫を見つめながら呟いた。

「それは、たぶんわからないだろうな」

「やっぱり、〝過ち〟じゃん」とマホちゃんが口を尖らせる。

「でもね、マーフィーはすごく頑張ったんだよ」

僕は、昨日のマーフィーの奮闘ぶりをマホちゃんに熱弁した。

「二人にちょっと訊きたいことがある」改めて、兄貴が言う。腕組みして、僕とマホちゃんの顔を交互に見てくる。

「はい」僕とマホちゃんは、視線を絡ませた。やばい、これはバレたんだなと顔を顰める。何かいいわけを考えないと、と考えを巡らした。

「昨日、マホの学校は歓迎遠足だったらしいな」

「なんで知ってるの？」

「お母さんに聞いた。成留が昨日、おまえをスーパーの駐車場で見かけたらしくて、怪しい男に誘拐されたんじゃないかって心配してたから、確認のために電話したんだ」

「あ、そう」マホちゃんは、おもしろくなさそうに口を尖らせる。僕は、自分の余計な心配のせいでマホちゃんとの秘密を守れなくなるかもしれないと焦った。

「成留が心配したのは、マホが車に乗るのを嫌がってるように見えたかららしい。『触らないで』と叫んだそうじゃないか。何か気に入らないことでもあったのか？」

兄貴の質問内容が弁当とは関係のないことに安堵しつつ、マホちゃんとその中年男性との関係性が気になる。妙な妄想で胸がモヤモヤした。

「あれは、べつに……。ただ、イライラしてただけだから」

だんだん、マホちゃんの声が小さくなる。

「なんか、遠足であったのか？　お父さんの作った弁当が原因なのか？」

一瞬、兄貴が僕の方を見た。あぶり出すような鋭い目。終わったと思った。ああ、バレてたんだと申しわけない気持ちになる。どうにか、マホちゃんを守らなくてはと思考を巡らした。

「ごめん。僕が勝手にしたことなんだ。マホちゃんは何も悪くないんだ。だから、怒らないであげて」

「俺は、別にマホを怒ってるんじゃない」

兄貴は、静かに制す。少し黙ってろと、いうことか。

「お母さんは、昨日、ちゃんと弁当を作ってくれただろう？」

え？　と僕は頭が混乱しそうになった。お母さんに作ってもらえないから、こっそり兄貴に作ってもらったとばかり思っていた。

「お父さんはなんでも知ってるんだね」

マホちゃんは、ちょっと不貞腐れたように言う。

「何があったか話してくれ。お父さんの弁当は、誰のためのものなんだ？」

誰のためってどういうことだろう。マホちゃん以外に誰がいるというのだ。

「言いたくない」

マホちゃんは、頑として口を割ろうとしなかった。さすが、兄貴の娘だ。肝が据わっている。

「困ったな」兄貴は、眉をひそめて僕の方を見た。

「なんで、マホちゃんが弁当を頼んだって気付いたの？」

「昨日、レジの金が五百五十円足りなかったんだ」

「え？　それだけでわかったの？」

「いや、最初は成留がレジに入れ忘れたんだろうと思った。昨日は、買い出しに行かせたり、マーフィーのことで忙しかったからな。でも、配達から帰ったあとのおまえの態度がおかしかったのを思い出した。それに、運動会のような弁当という注文の仕方にも違和感があった。遠足があったということは、ヒカルに電話したときに聞いたから、そこで繋がったんだ」

「なるほど。さすが兄貴だな」

「で、そこで色々と思いを巡らした。運動会のような弁当の意図はなんだろうって」

「……」マホちゃんが黙って兄貴の方を向く。もうこれ以上何も詮索しないでとでも言いたげに。何を隠しているんだろう。

「マホ、去年の運動会、お父さんも観に行ったの覚えてるか？」

「うん」マホちゃんは、唇を噛みしめて頷く。決して言わないぞ、という強い意志が伝わってきた。

「傍《はた》から見たらごく普通の親子三人に見えただろう。そのとき、マホに話しかけてきた男の子がいた。『いいな。おまえん家《ち》の弁当うまそうだな』って。俺は、そのとき注意した。『おまえとはなんだ』と。そしたら、その男の子は『すみません』と素直に謝った。俺は、

『じゃ、一緒に食うか？』と誘ったが『大丈夫です』と断られた。その子の手には、コンビニの袋が握られていた。おにぎりが入っていたように思う。もしかして、その出来事と今回の弁当は、何か関係があるんじゃないか？」

兄貴は、マホちゃんの顔をじっと見つめた。優しさと厳しさの入り混じった表情で。それは、完全に父親が子供を諭す顔だった。

「なんで、猫はいいのに、人間はダメなんだろう」

マホちゃんは、ちょっと口を尖らせて言った。

「どういうこと？」僕は訊く。

「笑わないで最後まで聞いてくれる？」

「もちろん」兄貴は即答した。僕も、うんうんと頷く。

「あのね、運動会のときにお弁当が美味しそうだねって言ってきた男の子の名前は、理一《りいち》くんって言うの。同じクラスで、一緒に図書委員してる。理一くんのお母さんは、シングルマザーなの。結婚はしてないんだって。お父さんは誰だかわからないらしいんだ。お母さんに訊いてもわからないらしくて。それでね、大人って勝手だよね」

マホちゃんは、うつむきながらぽつりぽつりと話す。

「理一くんのおじいちゃんがすごく厳しい人みたいで、理一くんの存在を認めてくれないんだって。お母さんに連れられて何度も熊本のおじいちゃんの家に行ったけど、一度も家には入れてくれなかったんだって。理一くんのお母さんは、昼も夜も働いてて、いつも忙しいんだって。しょうがないって言ってた。きっと、遠足のお弁当も作ってもらえないんだろうなって思ったの。それで、お父さんのお弁当、よかったら食べてって渡したの。そしたら、いらねえって言われたんだ」

そこまで話したところで、マホちゃんは唇をきゅっと噛みしめて洟《はな》を啜っていた。必死に涙をこらえている姿がいじらしかった。

「それで、昨日、機嫌が悪かったのか」僕は、スーパーの駐車場での一部始終を思い出していた。

「うん。理一くん、お弁当の時間いなかったの。本当なら、一年生の子と一緒に食べないといけなかったのに。それで、先生から怒られてた。きっと、わたしのせいだ。わたしが余計なことしたから……」

賢い部分と少女の部分がアンバランスだ。

さて、こういうとき、兄貴は何を言ってやれる?

「マホ、男ってのはプライドの塊だ。かっこ悪いところを女の子に見られるのが嫌なんだ。だけど、マホがしたことは親切だ。悪いことではない。理一くんの家庭が複雑なのはわかった。だけど、こればかりは他人が介入できることではない。助けたいかもしれない。でも、そっとしておくのも優しさなんだよ」

兄貴は優しく諭す。なんだか、切ない話だ。助けてあげたいのに助けられないのは悔しい。

「うん。わかった」

マホちゃんは、素直に頷いた。きっと、その理一くんという男の子のことが好きなのだろう。

僕と兄貴は、一件落着と胸を撫でおろす。

だけど、そのときはまだ何も気付いていなかった。この小さな恋がとんでもない事件を巻き起こすことになるなんて。

『全ての問題は、より大きな問題とだけ交換することができる　ｂｙマーフィー』

どうか、この一節を覚えておいてほしい。

三章　いつでも止められるものほど　いつまでも止める気にならない

店内外に、『子猫譲ります』という貼り紙をしてから、子供連れのお客さんが増えた。五匹の子猫たちは、今日も全力で生きている。それぞれが決まった乳首を求めて吸いつく姿に強い生命力を感じた。まだ目も開かないうちから、母親の乳首をちゃんと見つけられるんだからすごい。ついついその光景に感心していると、小さなお客さんに「ねえ、お兄ちゃん」と話しかけられた。

「あたし、一番小さい白い猫ちゃんがいいな」

まだあどけない表情をした四歳か五歳くらいの女の子で、紺色のスモックを着ていた。胸元には、『バラぐみ　そのむらまりも』と書かれたひよこの名札をつけている。

女の子が指さした方を見る。

一番小さい白い猫ちゃんというのは、例の〝みにくいアヒルの子〟ならぬ〝みにくいコネコ〟事件のあの子のこと。僕たちがお産に立ち会わなかったことが原因なのか、五匹の中で一番元気がなく、一時は呼吸も浅くなり死んでしまうのではないかと心配した。

マーフィー親子は、カウンターとテラス席へ続く通路の脇にサークルで囲ってスペースを作っている。生まれて三週間が経ち、子猫たちもよちよち歩き回るようになった。

「すみません」母親が慌てて頭を下げる。「子猫を見たいというもので」申しわけなさそうに言った。

「そうでしたか。どうぞ、見せてあげてください」笑顔で促す。

母親は「ありがとうございます」と礼を言いながら、まりもちゃんの背中をそっと押す。まりもちゃんは「やったー」と椅子から飛び降りると、マーフィー親子の方へ駆け寄った。すかさず母親が「勝手に触ったらダメよ」と制す。

まりもちゃんは、じーっと子猫を見つめながら「可愛い」と呟いた。僕はその様子を微笑ましく見つめた。

「お待たせいたしました」

紫さんが、親子のテーブルに苺ミニパフェを置くと、まりもちゃんが戻ってきた。ちょこんと椅子に座る。

てっぺんの苺を指でつまみ、豪快に口に入れた。周りにあしらわれた苺もスプーンで掬っていく。

僕は「食べ終わったら、また、猫見ていいからね」と声をかけた。

「あのね、もう、名前決めてあるの」

ぷっくりとしたほっぺを揺らしながら、まりもちゃんが言う。

「へぇ。なんて名前？」と、僕が訊き終わらないうちに、母親が「違うんです違うんです。気にしないでください」と顔を歪めた。

ああ、と状況を察して頷く。

既に、二匹は里親が決まっている。一匹はひまわり荘のおかみさんに、もう一匹は小説家志望の平永さんに。残りの三匹にも欲しいという声はかかる。だけど、現実的に猫を飼える環境にないと泣く泣く諦めて帰っていく人も多い。幸か不幸か、今は客寄せパンダ状態となっており、生まれたばかりの子猫を見るついでにカフェ飯でも食べて行こうかというお客さんで連日忙しい。

「うち、アパートだから猫は飼えないんです。でも、この子がどうしても見てみたいって言うから連れてきました」

やはりそうか、とまりもちゃんの方を向いて片目をつぶった。残念。

「えー。ほしいほしい。だって、あの子〝フズリン〟に似てるんだもん」

まりもちゃんは、右手に持っていたスプーンで机を叩きながら駄々をこねる。苺のババロアの上に載っていたミントがはらはらと床に落ちていくのを目で追いながら、ふーっと小さなため息が漏れた。まだ、このくらいの子供は知らないだろう。〝本当に欲しいものは手に入らない〟というマーフィーの法則があることを。

「ラズリンって、なあに？」

そこへ、紫さんが優しく声をかけてくれた。その隙に、僕はウエットティッシュでミントを拭き取った。

「今、テレビで放送されているアニメの『るりるりプリンセス』に出てくる猫のキャラクターです」

母親が説明してくれた。

「もしかして、ラズリンってそれ？」

紫さんが、まりもちゃんの幼稚園バッグについているキーホルダーを指して言う。

「うん。これがラズリン」

そっと、覗き込んで確かめてみる。オッドアイの白猫のキャラクターで、ピンク色の首輪をしていた。

「ああ、そっか。目の色が一緒だ。どうして、今まで気が付かなかったんだろう」

紫さんが言う。

「うん」まりもちゃんは、弾けるような声で返事した。

サークル内で遊んでいた子猫を抱きかかえると顔をのぞき込んだ。確かに、両目の色が違う。右が青で、左が黄色。

「ねえねえ、これ見て」

まりもちゃんがスマホの動画を見せてくれた。「あ、まりもが一番好きなシーンがもうすぐ」と、母親が言う。僕と紫さんは画面に視線を向けるが、いっこうにラズリンらしき猫は出てこない。

「どれ？」

「あ、もうすぐだよ」

まりもちゃんは言うけれど、画面に映っているのは戦闘スーツを着た女の子が敵と戦うシーンばかりだ。

『きーっきゃきゃきゃきゃきゃきゃー。きゃきゃきゃきゃきゃきゃきゃー』

甲高い声で誰かが突然笑い出す声が聞こえた。〝け〟と〝き〟を混ぜたような発音、頭のてっぺんから抜けるような奇声。

「ほら、今の！」

一瞬映った白い猫をまりもちゃんが指さす。

「この笑ってるのが、ラズリンなの？」

「うん」まりもちゃんは、ちょっと自慢げに頷く。

「ラズリンはね、変身するとこの笑い方になるんだよ」

まりもちゃんは、慣れた手つきで画面をタップすると、僕たちに説明してくれた。どうやら、主役の女の子がルーレットを回すとラズリンも変身できるシステムらしい。

「この笑うところが好きみたいなんです」母親が言った。

「そう。この緑のぐるぐるの中にラズリンが入ってね……」まりもちゃんが興奮して説明する。

変身後は、体を緑色の渦巻きに覆われた状態で飛び回るらしく、そのシーンが一番のお気に入りだという。

「さあ、そろそろ行こうか」

母親が立ち上がった。まりもちゃんは、首を振っていやだいやだと駄々をこねる。

「だって、しょうがないでしょ。うちでは飼えないんだから」

母親が宥めようと必死になるが、まりもちゃんは「ラズリンラズリン……」と泣き止まない。

困ったな、と兄貴の方を見ると、無言で頷きながらホールへ出てきた。

「いつでも見にきていいよ」

兄貴がまりもちゃんのところに来て跪《ひざまず》いた。大きな手で包み込むように優しく頭を撫でてやると、まりもちゃんが涙を止めた。さすが、小さい女の子の扱いには慣れている。

母親は、すみませんと頭を下げる。まりもちゃんのひっくひっくと泣く声が店内に響く。

午後三時半。ティータイム中の主婦グループが数組いるだけで店は空いていた。

兄貴は、さっと立ち上がり、今度は母親の方を見て言った。

「幼稚園って、お弁当ですか？」

「はい。そうですけど」

「キャラ弁とかって、作られます？」

兄貴が母親に訊ねる。

「ええ。毎日」

母親は、答えながら眉をひそめた。

「お弁当って、本当に大変ですよね」

「そうなんですよ」

母親は、労いの言葉をかけられたのが嬉しかったのか兄貴を見上げて少しだけ微笑んだ。

さすが兄貴。女子の守備範囲が広い。

「ラズリンのキャラ弁を作ってほしいと頼まれたりしてませんか？」

「はい。でも、毎回ダメ出しを食らいます。全然違うって」

「もしかして、目の色に苦戦してるんじゃないですか？」

「そうなんです。黄色はともかく、青い食材って、ないですよね。一度、蒲鉾《かまぼこ》にかき氷のシロップを漬け込んでやってみたんですけど、味が好きじゃなかったみたいで……」

幼少期、僕もキャラ弁を母ちゃんに頼んで作ってもらっていた。僕が好きなキャラクターは戦隊ヒーローのレッドだったから、赤い面にはカニカマで、黒い面には海苔《のり》を使って作ってあったような気がする。もちろん美味しかったし、嬉しかった。

「だって、あれ変な味したもん」まりもちゃんは、口を尖らせる。

「ママ、一生懸命作ったんだよー」

「美味しくないとやだー」

そのとき、ふと思い出した。戦隊ヒーロー五人全員の入ったキャラ弁を作ってほしいと無茶なお願いをしたことがある。母ちゃんが魔法の粉を手に入れたときのことだ。

「それなら、いいものがありますよ。しょ……」

僕の言いかけた言葉は兄貴に遮られた。

「おい、成留。貼り紙に、白い子猫以外ってマジックで書き足しとけよ」

「ん？　どういうこと？」

「白い子猫はうちで飼う。マーフィーだって一人は寂しいだろう」

「おー、それはいいアイディアだ」

「えっ、じゃあこの子ずっとここにいるの？」

まりもちゃんが声を弾ませた。

「そうだよ。だから、いつでも見に来ていいよ」

「やったー。ラズリン」まりもちゃんは、バンザイのポーズをして喜んだ。

ということで、マーフィーの五番目の子猫は、ラズリンと命名された。

さて、兄貴はこれをどう解決するつもりだ？　子供相手となると、単に美味しいだけではダメだろう。何か、心をつかむ秘策でもあるのだろうか。

「まりもちゃん、卵好き？」

兄貴が訊いた。

「うん、好き。目玉焼きも卵焼きも好き」

「ゆで卵は？」

「うん、好き」

「ちょっと、このキーホルダー貸してくれる？」

「うん。いいよ」

まりもちゃんが言って、母親が渡す。

「じゃ、また明日おいで。特製ラズリン弁当を作って待ってるから」

「ありがとうございます」母親が頭を下げる。

「お母さん、まりもちゃんのお弁当箱を持ってきてください」

兄貴は、笑顔で親子を見送った。

「ねえ、さっきなんて言いかけたの？」

紫さんが小声で訊いてくる。

「青色にする魔法の粉があるってことを教えようとしたんです。兄貴に邪魔されてしまいましたけど」

「魔法の粉って何？　気になる、教えて！」

「食紅です。それこそ、青だろうとオレンジだろうと紫だろうとなんでもありますよ。母ちゃんが悩みに悩んでやっと見つけたのがその魔法の粉でした」

「てことは、ミナトさんは今から食用色素を使ってキャラ弁を作ろうとしてるの？」

「いや、それならあんなふうに僕の言葉を遮ったりしないでしょう。きっと、食用色素を使わない方法を知ってるんです。かつ、まりもちゃんが喜ぶ方法を」

「魔法の粉を使わないで青い目を表現するつもりなのね。それでいて、美味しいキャラ弁当。楽しみね」

紫さんは、期待を込めて言った。

「成留、さっきの動画、見れるか？」

兄貴が厨房から叫ぶ。

「ん？　アニメの？」

「そう。ラズリンが変身するシーン」

「ちょっと待って。捜してみる」

スマホを取り出し、動画サイトを検索すると出てきた。

「たぶん、このシーン」耳の奥に甲高い声が響く。

「ふむふむ」そう呟くと、兄貴は厨房へ入って行った。野菜室を覗き「あったあった」と嬉しそうに声を弾ませる。

「あれをどう使うのかな？」

紫さんが僕に訊いてくる。

「さあ」

厨房で、トントントンと小気味よい包丁の音がする。兄貴が千切りキャベツを作っているところだった。サラダ用のレッドキャベツをどう使う気だろう。

沸騰した鍋にそれを入れると軽く箸で混ぜる。何を作っているのかまだわからない。ゆでた千切りキャベツを取り出し、鍋の中に白い粉を入れた。

「兄貴、それなんだよ」

「魔法の粉さ」

兄貴は、いつになく楽しそうに料理を作っている。

次に、白い粉を入れた鍋の中に、櫛形《くしがた》切りにした茹で卵を入れた。あの白い粉はなんだろう？　食紅でないのは明らかだ。

僕たちは、兄貴の手元を見つめながら、どんな弁当ができるのか楽しみに待つことにした。

まりもちゃん親子と入れ替わるように、天田さんが「いたんです、猫」と興奮しながら店に入ってきた。

「え？　本当に？」

「ただ、わたしは直接見たことないんですけど」

「どういうことでしょう？」

紫さんが訊いた。

「言われた通りに名前をつけて、餌とトイレを準備して待ちました。姿は見えないけれど、確かに何者かがいる気配を感じました。そして、次にカメラを設置してみたんです」

「カメラって、監視カメラ？」

「そうです。そしたら、本当にいたんですよ。シュッと引き締まった体の茶トラの猫が」

「へえ。でも、天田さんは、その猫の姿を直接見たことがないんですよね？」

「はい。実物にはまだ……」

「まさか、そんなこと」僕は信じられないといった感じで首を振った。

「それが、見事に避けられてるんですよ。友達が来てお茶の準備をしに台所へ立ったときとか、トイレに入ったときとか、そういうときに現れるんです。カメラにはちゃんと写ってるのに、わたしには見えない。いいタイミングで隠れちゃうんです」

天田さんは、なんだか楽しそうに話す。心なしか、以前ここへ来たときよりも肌艶がいい。

「猫って、不思議ですよね。神秘的なところがある。気まぐれで気高くて。まあ、そういうところが魅力なんでしょうけど」

紫さんが言う。

「はい。家主のわたしに一切姿を見せずにこっそり生活してたなんて、本当にすごい。感動しました」

「これから、どうするんですか？」僕が訊いた。

「うーん。そうですね。しばらくは、この生活を続けてみます。出かける前にお皿にご飯をよそってあげて、帰ってくるとそれがなくなってるんです。見えない同居人って不思議ですけど、一人ぼっちじゃないんだなって思うと、なんとなく幸福感に包まれるというか」

「いつか、姿を見せてくれるといいですね」

「はい。わたしも会ってみたいです。トラ吉に」

天田さんの表情は、以前とはくらべものにならないほど明るくなっていた。彼女は、心の拠りどころを見つけたんだと思う。帰ったら誰かが待っている、そう思うだけで毎日はきっと楽しい。

翌日、まりもちゃん親子は昼下がりにやってきた。

「お弁当箱、持ってきてくれましたか？」

兄貴が母親に訊いている。

「はい。これですけど」

楕円形のアルミのお弁当箱で、表には『るりるりプリンセス』のイラストが描かれている。

「お弁当箱を持ってきてもらったのはどうして？」

紫さんが訊いた。

「弁当の盛り付けが載っている雑誌はたくさんあるが、サイズ感がわかりづらくてバランスがうまく再現できない人も中にはいる。誌面に載せるときはどうしても立体的に大きく作るし、蓋を閉める前提に作っていないものもある。今回は、是非真似して作ってほしいから、いつも使ってるお弁当箱を持ってきてもらったんだ」

「そういうことか。さすがミナトさん」

紫さんが関心している横で僕はなるほどと頷く。さすが、兄貴。

まりもちゃんが楽しみにしているのが伝わってきた。椅子に腰かけ、頬杖をつき、厨房を見つめて待っている。

「さあ、できたよ」

兄貴がカウンターにお弁当箱を置いた。

「わぁ。すごい。ラズリンだー。緑のぐるぐるもー」

まりもちゃんが感動の声を上げた。僕と紫さんもおーっと思わず拍手をする。

「あの、これはどうやって作られたんでしょうか？」

母親が訊ねた。青い目もうまく再現されているし、変身したときに体を覆う緑色の渦巻きもうまくできている。

「レッドキャベツは、茹でると紫色の汁が出ます。それに、重曹をひとつまみ足すと青くなります。これに、レモン汁を足すと今度はピンクに変化します。小学校の理科の実験でやりませんでしたか？」

兄貴の説明を聞いて、魔法の白い粉の正体が食用重曹だったことがわかった。

「ああ、リトマス紙の実験みたいな」母親が答えた。

「そうそうそう。レッドキャベツには、アントシアニンとよばれる色素が含まれています。この色素が水の性質、酸性・中性・アルカリ性によって構造が変化し、色が変わるというわけです」

「この、緑色の麺は？」渦巻きをパスタ麺か何かで表現していた。どうやって色をつけたんだろう。

「それは、焼きそばの麺を使いました。麺の風味やコシを出すためにかんすいが使われています。そのかんすいがアルカリ性なんですよ」

「さすがだな」僕は、尊敬の思いを込めて言った。

「マホが小さい頃、よく作ってたんだよ、キャラ弁。みんなが大好きな猫型ロボットのキャラ弁をよく作らされた。まあ、青いご飯なんてちっとも美味しそうじゃなかったけど」

ははははっと笑いながら厨房に入って行く。

やっぱり、うちの兄貴は最高だ。小さい子供の笑顔だって、その母親の笑顔だって簡単に引き出せるのだから。

「ラズリン、抱っこしていい?」

「いいよ」僕は、子猫をまりもちゃんの膝に乗せようとした。

「待って。爪で引っかかれちゃうと痛いから」

紫さんは、捲られていたまりもちゃんのスモックの袖を伸ばしながら言う。こういう、さりげない気遣いが好き。

昨夜降った雨のせいで、満開だった桜は一気に散ってしまった。そこへ、一人の男が現れた。若いけれど、覇気のない男だった。顔は青白く、痩せこけていて頬骨が目立つ。目の下にはクマが浮かんでいる。

「すみません。このお店は、店主がどんな料理でも作ってくれると聞いてやってきました」

どこでそんな噂を聞きつけてきたのだろう。

「裏メニューのことでしょうか？」といっても、そんな大した料理ではない。

余った食材を使って、お茶漬けやみそ汁といった家庭的な料理を提供しているだけ。ごく一部の常連客が軽いものを何か作ってほしいと頼んできたことから始まったサービスで、大々的にやっているものではない。

「いえ、思い出の料理を再現してほしいんです」

男は、真顔で言った。

「それは、いったいどのような？」

材料によっては、作れないものがある。それに、思い出の料理を再現するなんて注文は今までに受けたことがない。いくら兄貴だって、食べたことがない料理を作ることはできないだろう。

「すみません。それがよく思い出せないんです」

男は、苦笑する。

「え？」僕は、わけがわからず思いっきり首を傾げた。思い出の料理を作ってほしいのに思い出せないとはいったいどういうことなんだ。

「あの、その料理名はわかりますか？」

紫さんが訊ねる。

「それがわからないからここまで来たんですよ」男は、声を張り上げた。もう何度も説明しているのにどうしてわかってくれないんだ、とでも言わんばかりに。「僕の人生で一度きりしか食べたことがない料理で、どう説明したらいいかわからないんです。でも、すごく美味しかった記憶はあります。味も見た目もオシャレな感じで……」

大袈裟に両手を広げて訴えてくる。

「かしこまりました。では、まず、軽い自己紹介からどうぞ」

紫さんがいつものように促した。ずいぶん、熟《こな》れてきてる。

「久保と申します。歳は、三十三歳です。玩具メーカーで働いています。地元は、行橋市《ゆくはし》です。思い出の料理を作ってくれたのは僕の恋人だった人です。あれは、三年前の春でした。手料理が食べてみたいとずっとお願いしててやっと叶ったんです。叶ったのに、叶ったとたんいなくなるなんて……」

久保さんは、一つ一つ言葉を選びながら話した。

「その料理の特徴をできるだけ詳しく教えてくれませんか？」

厨房から兄貴が訊いた。

「卵と野菜とチーズが入った料理で、オシャレな名前の食べ物でした。アツアツで口の中でとろっとほろっとする感じ……。すみません、うろ覚えなもので。コンビニやファミレスでも捜してみたんですけど、それっぽいのが見つからず……」

「野菜はどんなものが入ってましたか？」

「んー。それがよく覚えてないんですよ。緑のものがほうれん草だったのかブロッコリーだったのか。赤いものがにんじんだったのかパプリカだったのか……。でも、食べたときの感動はずっと口の中に残ってるんです」

「うーん。それは、ちょっと難しいですね」

兄貴は、こめかみをトントントンと軽く叩く。

「オムレツかしら？」紫さんが呟くように訊いた。

「いえ、オムレツなら覚えてるはずです」久保さんは、首を振る。

「じゃ、エッグベネディクトとか？　オシャレな卵料理といったらそれじゃないかしら？」

「なんですか？　そのエッグ……」

「エッグベネディクトです。半分に切ったイングリッシュマフィンの上に、ベーコンとポーチドエッグを載せ、その上にオランデーズソースをかけた料理です。朝食やブランチにもってこいのメニューで、とくにオシャレ女子が好んで食べます。パンケーキブームの次に流行った女子ウケ抜群の一品なんですけど、ご存じありませんか？」

兄貴がさらりと説明する。ぷるんぷるんの卵ととろっとろのソースが口の中で溶けていくのを想像して、涎《よだれ》が出そうになった。

「おー。なんか、聞いてたらそれっぽい気がしてきました。是非、作っていただけないでしょうか？」

「かしこまりました」

兄貴は、ニコリと笑い、自信満々に厨房に立った。

片手鍋にお湯を沸かし、酢を入れる。卵を小さめの器に割り、そうっと鍋に入れる。固まってきたら鍋底にくっつかないように形を整える。ポーチドエッグは、火加減が大事。その間に、ベーコンとイングリッシュマフィンを焼いておく。オランデーズソースは、卵黄とバターとレモン汁とマヨネーズを混ぜて軽く塩コショウを振る。白い大きな皿を用意し、そこに焼いたイングリッシュマフィンとベーコンを盛り、ポーチドエッグを載せる。最後にとろとろのオランデーズソースをかけ、黒コショウを振ったらできあがり。お好みでアボカドを入れても美味しいし、しゃきしゃきのレタスを足すのもいい。手間はかかるがそう難しくはない。

最近、僕も少しずつ料理の勉強をしている。朝食は、もっぱら僕の担当だ。今朝は、塩味のフレンチトーストを作ってみた。まずまずの出来だった。将来は、兄貴のようなかっこいいシェフになりたいと思っている。

「さあ、召し上がれ」

兄貴は、自信満々に皿を置いた。美しい絵画のような一品だ。女子たちが騒ぐ気持ちがよくわかる。高級ホテルのベランダでこの一皿が出てきたら、お姫様心地で優雅なひとときを味わえるだろう。

「これって、家でも作れるものなんでしょうか？」

久保さんは、料理に手をつけようとしない。皿を舐《な》め回すように見つめている。

「もちろん、作れますよ。さあ、温かいうちにどうぞ」

兄貴が笑顔で促す。

「では、いただきます」

ポーチドエッグに切れ目を入れると、とろりと黄身が垂れる。ナイフとフォークで一口サイズにカットし、口に入れた。

「んー。んー」

久保さんは、唸るばかりで何も感想を言わない。僕も兄貴も紫さんも、採点を待つような思いで彼の言葉に期待した。

「どうですか？」

「違います」

「えっ」

「これじゃないです。味も見た目も。皿はこんなに大きくなかったし、ナイフを使った記憶もない」

久保さんは、はっきりと否定した。

「いやぁ。思い出の料理を再現ってのは難しいなぁ」

兄貴が顔を歪める。それはそうだろう。料理名もわからない、大した説明もないのでは作りようがない。

「無理を承知でお願いします。どうしても、食べたいんです」

「わかりました。少々お待ちください」

兄貴はそう言うと、久保さんの証言を頼りに次々と料理を作った。卵と野菜とチーズが入ったオシャレな名前の料理を求めて。

ヨークシャープディング、ケークサレ、フリッタータ、キッシュ、ガレット……。

だけど、久保さんの表情も言葉も冴えないものだった。

「どう違うのか、もっと詳しく言ってもらわないとわかりませんね」

兄貴は、少し苛立っているようだった。無理もない。皿を置くなり首を捻り、一口食べるなりうーんと唸る。そして、決めゼリフのように「これじゃない」と吐くのだから。

「あの、お味はいかがでしたか？」

紫さんが訊いた。

「どれも、美味しかったです」

久保さんの言葉に、僕はほっとした。

「あ、すみません。僕、本当に美味しいものを食べたとき、何も言えなくなるんです」

眉をひそめ、申しわけなさそうに謝った。

「いえ。その言葉が聞けただけで十分です」

兄貴は、大人の対応をする。頭を垂れ、笑顔を見せる。

それを見て、久保さんは何かを思い出したように「あ、」と口を開いた。

「そういえばあのとき、彼女が目の前で『どう？　美味しい？』って訊いてきたんです。でも僕はバカみたいに『うん』って頷くことしかできなくて。すごく嬉しかったのもあって、いろんな感情でいっぱいになって余計に何も言葉が出てきませんでした。せっかく作ってくれたのに、僕は、ちゃんと美味しいって言ってあげられなかった。だからなんですかね。彼女がいなくなってしまったのは……」

久保さんは、顔じゅうを皺しわにしながら後悔の思いを吐き出す。きっと、根は悪い人ではないのだろう。ただ、ちょっと不器用なだけ。

「あの、久保さんは、思い出の料理が食べたいんですか？　それとも、彼女が姿を消した理由が知りたいんですか？」

紫さんが訊く。この人は、ナイスタイミングでナイスクエスチョンを投げる天才だ。

「できれば、どっちもです。でも、彼女が出て行った理由なんて彼女にしかわかりませんよね」

うんうん、と僕は頷く。そして、疑問を投げた。

「ケンカしたわけでもなく、突然いなくなったんですか？」

「はい。なんの前触れもなくです。突然いなくなりました」

「警察には、届け出ましたか？」

「いえ……。事件性がなければ、警察は動いてくれませんからね」

「そうですよね」うーん、と僕は首を捻った。

突然連絡が取れなくなるのはそう珍しいことではない。別れ話が面倒で、黙って姿を消したのではと言われるのがオチだろう。

「普通、何か言っていきませんか？　黙っていなくなるなんておかしいでしょう」

久保さんは、すごい熱量で僕たちに訴えてくる。

「そんなに不思議なことではないと思いますよ」

兄貴が低く落ち着いた声で言った。

「みんなそう言うんだよ。単に、僕がフラれただけだって。でも、ずっと僕たちはうまくいっていた。料理を作ってくれたあの日だって、僕のこと好きって言ってくれたんだ……」

久保さんは、どん、と右手の拳でテーブルを叩いた。

「わかりました。ちゃんとお話を聞きましょう。彼女が消息を絶った理由が何かわかるかもしれない」

「よろしくお願いします」

「ずっとお願いしててやっと作ってもらったと仰いましたが、それまでに料理は一度も作ってもらったことがなかったんですか？」

「はい。彼女は、寮で共同生活をしていたので、料理を作ったことがないと言ってました。お互い忙しかったので、一緒に食べるときはだいたい外食で済ませてましたから」

「寮の場所は、わからないんですか？」

「もちろんわかりますよ。寮にも何度も連絡をしました。だけど、このご時世ですよ。教えてくれるわけないじゃないですか。そんな子うちにはいませんの一点張りで」

確かに、個人情報保護法があるので、いくら彼氏とはいえ教えてもらうのは難しいだろう。紫さんだって、婚約者の事故の詳細を警察に教えてもらえなかったくらいなのだから。

「あの、寮ってことは、彼女は大学生とかだったんですか？」

「いえ……。その……」

久保さんは、困ったような顔をして、口を開きかけて止めた。何か、言えないことでもあるのだろうか。例えば、犯罪に関わるようなこととか。

「……この三年間、いろんな方法で彼女のことを捜しました。だけど、なんの手がかりも見つかりませんでした。というか、なんの手がかりもなかったんです。捜せるほどの情報が僕にはなかった。彼女の本名も、彼女の実家も、彼女の年齢や出身地もおそらく全部嘘だったんだと思います。たぶん、彼女が住んでいると言っていた寮も」

「どういうことですか？」兄貴が訊いた。

「実は彼女、風俗店で働いてたんです。あ、でも、勘違いしないでください。僕はその、いわゆるお客さんではありません。もちろん、ストーカーとかでもありません。半同棲を一年近く続けてました。これといって証明するものは何もありませんけど本当です。信じてください」

久保さんは、真剣なまなざしで訴えた。彼が嘘をついているようには見えない。だけど、風俗店で働いていたという点がやっぱりちょっと引っかかる。

「差し支えなければ、どのようにして出会ったのか教えていただけないでしょうか？」

「一番最初は彼女の働いていたお店です。上司に、無理やり連れて行かれたんです。僕がそういうお店に行ったことがないと言ったら、社会勉強だから行くぞと強引に。そういう気分に無理やりすることはできるんでしょうけど、そのときはなんとなくそういう気分にならなかったので、ただ話をして帰りました——」

ちょっと言葉を詰まらせながら久保さんは話す。大学生のノリで話すのとはわけが違う。

初めて訪れたカフェで、しかも女性が聞いている横では色々話しづらいだろう。

「——たまたま、その日の最後の客が僕だったらしくて、『この後、美味しいお蕎麦《そば》屋さんに行かない？』ってダメ元で誘ってみたんです。そしたら、いいよっていう流れになって、近くのコンビニで待ち合わせをして蕎麦を食べに行きました。お互い、アニメが好きだったので、自然と話は盛り上がりました。その日は、蕎麦を食べて彼女を寮の近くまで送って帰りました。それから一週間くらいして、偶然、地下鉄のホームで再会して「あ、こないだはどうも」みたいな感じで——」

久保さんは、真摯に答えてくれた。だけど、どう解釈すればいいのか僕には判断がつかなかった。一度でも店に行ったのならば、お客さんになってしまうのではないだろうか。うちの店にたとえるなら、注文はしたけれど何も食べずにお金だけ払って帰っていったということになる。やはり、それでもお客さんと呼んでしまうだろう。そんなことを考えながら、紫さんがここへやってきたときのことを思い出していた。

「——そうなったら、ちょっと運命感じちゃうじゃないですか。それで、またご飯に誘って、色々話すうちにいい子だなって、これを逃したらもう会えないかもと思って連絡先を訊きました。それから、何回かデートして、自然な流れで付き合ったという感じです」

「付き合ってると思っていたのは、久保さんだけということはありませんか？」

直球で兄貴が訊く。

「んあ?」久保さんが睨みつける。「どうして、相手が風俗の子だと言うと、みんなそんなふうに思うんですかね」

久保さんは、眉間に皺を寄せて嘆いた。

「申しわけないです。これは、知人の話なんですけど、夜のお店で働いてる女性を好きになってひどい目に遭ったことがあると聞いたので……」

知人とは、いったい誰のことなんだろう。

「それは、夜のお店で働いてる女性に限ったことではないでしょう」

久保さんが言い返す。

「そうですよね」兄貴が苦笑する。

「ちなみに、ひどい目に遭ったというのはどんな?」

「騙されてたんですよ。他にも男がいたらしくて……。いや……まあ……その話はいいじゃないですか」

急に歯切れが悪くなる。

「そんなに不思議なことではないと思いますよ」

久保さんは、さっき兄貴に言われたことをそっくりそのまま返して、ニヤリと笑った。

「ははは」兄貴は、乾いた声で笑うと目を伏せた。

「もしかして、あなたの話だったりして」

兄貴の顔が不機嫌に歪んだ。すぐに否定しないのはなぜだ？　兄貴の顔を見つめると、動揺している様子だった。いつも冷静な兄貴がどうして。

「あ、兄貴。さっき、マホちゃんからＬＩＮＥ来てたんだ。至急連絡するよう伝えてって」

僕は、兄貴の異変を察知して視線で合図する。ここは僕に任せろ、という思いを込めて言った。

「そうか。じゃ、ちょっと」

兄貴は、厨房から外へ出て行った。

「さて、続きをね」紫さんが空気を元に戻そうと必死になる。

「答えたくないことは答えなくても構いませんよ。ただ、どんな些細《ささい》なことでもヒントになる可能性があります。できれば、全て話していただけると助かります」

僕は、兄貴を助けなければという使命感に駆られた。久保さんは、これまでに何人もの人にこの話をしてきたのだろう。そして、毎回同じ反応を返されたことに腹立たしさを覚えた。だから、兄貴にも強気な態度を取ったのだろう。

「わかりました。なんでも、訊いてください」

「これまでに、彼女にお金を貸したり、高価なプレゼントを強請《ねだ》られたことはありますか？」

「誕生日プレゼントにディオールのバッグを買いました。あとクリスマスプレゼントにカルティエの指輪を買いました。でも、それは彼女から強請られたわけではなくて僕が買ってあげたくて買っただけです」

うーん。と僕は、思わず唸った。兄貴が言っていたように、付き合っていたというのは久保さんの勘違いではないだろうか。単に、騙されていただけなのかもしれない。金づる、という言葉が浮かんだ。嫌な言い方だけど、お店の客としては引っ張れないと判断した相手に高価なものを買わせるという詐欺行為をテレビで観たことがある。姿を消したのは、もう用済みになったからではないのだろうか。

「失礼ですが、本当に付き合っていたんですか？」兄貴が訊いたことをもう一度訊く。

「はい。でも……」久保さんは、言葉を詰まらせた。

「なんでも正直に話してください」

僕は、力強く言った。

「実は、自然な形で付き合ったと言いましたがあれは嘘です。告白してフラれたんです。でも、諦められなくて、お試しでいいから付き合ってほしいと彼女にお願いしたんです。もし、付き合って気に入らなかったらいつでも別れていいから、とりあえず一ヶ月付き合ってと。それから、毎月更新更新という感じで」

それならば、彼女のタイミングでただいなくなっただけだと考えるのが自然ではないだろうか。

「付き合ってた間に、結婚の話とかはしましたか？」

詐欺だった場合、結婚を匂わせてお金を引っ張る手口はよくある。

「僕の方からは何度かそういう話をしたことはあります。でも、彼女にはそういう気持ちはなかったんだと思います。まだ、若かったですし」

おやおやおや。思ったように話が運ばない。

「彼女は、おいくつだったんですか？」

「僕が聞いてたのは、二十三歳でした。でも、もっと若かったのかも。車の免許も持ってなかったですし、確かめようもありませんでした」

やはり、不可解だ。年齢も名前も本当かどうかわからないなんて。本気で好きだったのならば、教えるだろう。

「彼女の卒業アルバムとか、保険証とか見たことはないんですか？」

「ありません。基本的に、僕の家に彼女が泊まりに来るという感じだったので」

「彼女の友人に会ったことは？」

「ありません」

「素性がわからないってことですか」

僕は、紫さんの方を見ながら首を捻った。その人の本名や住所、出身地、家族構成なんて、恋人同士の期間はどうやってみんな確かめあうんだろう。学校や職場で出会った場合はわかることもあるけれど、基本的には相手が言っている情報を信じる以外にない。名前を偽られてもきっと気付かないはずだ。

「これが彼女です」

久保さんは、スマホの画面を見せてきた。明るい髪色で派手な化粧の女の子がそこにいた。唯一の証拠を僕たちに見せつけるように。写真の二人は、幸せそうだった。だけど……。

「他に写真はありませんか?」

「この一枚だけです。彼女、写真嫌いでなかなか撮らせてくれなかったんです」

不可解だ。ますます、二人の関係がわからなくなる。

「久保さんとお付き合いを始めて、彼女はお仕事を辞められたんでしょうか?」

紫さんが訊いた。そこは、すごく気になるところだ。

「いえ。辞めてほしいということは伝えました。だけど、どうしても辞められない事情があると彼女は言ってました」

「借金ですか?」僕が訊いた。

「たぶん、そうだと思います。僕が立て替えようと提案したこともあります。使ってほしいと数十万渡そうとしたこともありました。だけど、断られました。自分の力でやらなきゃ意味がないんだって言って。何度説得しても、彼女は決して仕事を辞めようとはしてくれませんでした」

「なんで？」紫さんが呟いた。

「どうしても、お金が必要だとしか……」

「お金が必要な理由を久保さんには話していなかったってことですね？」

僕は念を押すように訊いた。

おそらく、彼女が姿を消した理由とそのお金は繋がっている。直感的にそう思った。

「いくら必要なのかと訊いても教えてくれないし、何に必要なのかも教えてくれませんでした。たぶん、僕に迷惑をかけたくなかったんだと思います。彼女は、そういう子なんです。頑固で責任感が強い」

そこも不可解だ。もし、久保さんを騙そうという思いがあるのなら、嘘をつくはずだ。例えば、家族の誰かが病気で手術代を稼がないといけないとか、同情を誘うやり方で。

「もう少し、彼女のことを教えてください。どんな女性だったんですか？」

「彼女は、笑顔が可愛くて、八重歯がチャーミングで。それから、カラオケが好きで、よく一緒に行きました。モノマネがうまかったんですよ。いろんな声色を使い分けて歌ったり喋ったりしてました。お笑いも好きでしたね。笑いのツボが一緒だったのもよかったな。もらい笑いって言うんですか。彼女が笑うと、なんかついつい笑っちゃう。絵もうまかったですよ。好きなキャラクターをさらさらーってよく落書きしてました。あとは、そうですね、とにかくいい子でした。お店でも人気だったんです。複雑な気持ちでしたけど、それを知っていて好きになったのは僕の方なので、無理に辞めろとは言えませんでした。あ、」

久保さんは、何かを思い出したように声を上げた。

「どうしました？」

「お店と揉めてる時期がありました。勝手に写真を雑誌に載せられたとかで」

「もう少し詳しく教えてください」

「コンビニとかに置いてあるナイト系の情報誌って見たことありませんか？　お店の広告やクーポンとかが載ってるフリーペーパーです。そこに、どうやら無断で写真を載せられたみたいなんです。彼女は騙されたと言ってました。最初は、顔の一部を隠してホームページに載せるものだと聞かされて撮影に行ったらしいんです。それなのに、全身が写った写真が表紙に使われていて。かなり、過激な写真でした。もちろん、顔もはっきりと写ってました。そのときの彼女は見ていられないぐらい落ち込んでいました。毎日毎日泣いてました。かと思ったら、急にキレて物に当たるようなこともあって。もう終わりだもう終わりだって。彼女は、ナンバーワンでしたし、お店としても広告塔にしたかったんだと思います。だけど、やっぱり嫌ですよね。友達とか親とかにバレてしまうおそれがありますから」

「なるほど」僕と紫さんは、顔を見合わせて頷く。彼女の思いが伝わってきて、胸がぎゅっと締めつけられそうになった。いくら恋人の理解があっても、友人や両親にバレてしまうのは嫌だろう。将来のことを考えると尚更だ。

「お店と話し合ってお金で解決したそうです。でも、それぐらいから、ちょっと行動が変というか……」

「というと？」

「シフトが変わったと言って、仕事に行かない日が増えました。そうかと思ったら、友達と旅行に行ってくると言って一週間くらい帰ってこなかったり。それまでは、節約しなきゃいけないからと言って、友達とご飯に行くのも控えてたのに」

「それは、いつ頃ですか？」

「彼女がいなくなる三ヶ月くらい前です」

「わかった。彼女は、お店を辞めたんだわ。無断掲載の示談金で大きなお金が入ってきた。だから、辞めたのよ」紫さんは、ぱっと目を輝かせて言ったあとすぐに、違うと首を振った。矛盾点に気付いたらしい。「それだとおかしいわね。辞めたなら、久保さんにすぐに伝えてもよさそうなものなのに……」

「浮気の可能性は、考えられませんか？　他に、男がいたということはないですか？　恋人の態度が急に変わるときって、たいてい異性が絡んでいますよね」

僕は、在り来たりだけど一番可能性の高いことを言う。推理でもなんでもない。兄貴だって、さっき言っていた。

「それは、ないと思います。もし、そういう人が現れたのなら、ちゃんと言ってくれるような気がするんです。根拠も自信もないけど、僕はそう信じたい」

信じたいと言われたら、こっちはもう何も言えない。

「では、他に、何か彼女のことで思い出せることは？」

「僕の家に、一冊だけ本を置いていったんです。彼女がいつも、お守りのように持っていた小説です。漫画本の中に一冊だけ翻訳本があって、不自然だなぁって」

どんな関係があるのだろう。

「その本のタイトルが『ナナ』というんですけど、彼女の源氏名もナナでした」

どういう繋がりがあるんだろう。本を置いていった意味を考える。

「好きな本のタイトルから取って、源氏名をナナにしたんでしょうか」

僕は、確かめるように訊いた。

「そうかもしれません。でも、僕には本名だと言ってました。だから、言われるがままナナちゃんと呼んでました。きっと、偽名だろうとは思ってたんですけど、確かめようもありませんし、無理に訊いて嫌われたくもなかったので、いつか教えてくれたらいいなと」

久保さんの気持ちはわかる。好きな人の秘密は知りたい。だけど、踏み込んで訊くのは怖い。僕も、そうだった。紫さんがこの町へ来た理由を知りたいのに知るのが怖くてずっと訊けなかった。

「どうして、恋人である久保さんに、偽名を使う必要があったんだろう？」

紫さんは、首を捻る。

「誰からか、逃げていたとか？　だから、自分の写真が雑誌の表紙に使われているのを見てすごく焦ったんじゃないかな」

僕は、推理を述べる。

「なるほど。それは、ありそうね。でも、誰から逃げていたんだろう？」

「元カレとか。すごく、暴力的で危険な男とか」

紫さんが言いながら、いまいち納得していない顔で首を捻る。

「ちなみに、その本の内容わかりますか？」

「高級娼婦となったナナが、男たちを虜《とりこ》にして次々に破滅させていく話です」

「そこに、自分の姿を重ね合わせていたんですかね？」

「僕は、破滅なんてしてません」久保さんは、きっぱりと言い返す。

「その本について、何か話してなかったんですか？　誰からもらったかとか、どういう経緯でその本を知ったかとか」

「いや、覚えてないですね」

久保さんは、腕を組んでむつかしい顔をした。

「本名も不明。住所不定。突然の大金。それまでになかった本が置いてあったり、それまで作らなかった料理を突然作ったり……。そして、姿を消した。謎が多いですね」

僕は、ぶつぶつと彼女の不可解な行動を反芻する。

「料理で暗号？　いや、メッセージだったんじゃないかしら。久保さんにだけわかるように」

紫さんが、指をL字形にして顎にくっつける。

「うん。僕もそんな気がします。何かしらのメッセージとして料理を作ったんだと思う。せめて、その料理が何かわかれば……」

僕は兄貴の真似をして、こめかみをトントントンと叩きながら言う。

「料理名がわかれば、全ての謎が解けるの？」

「それはなんとも。でも、よく考えてみてください。初めて彼氏に作ってあげる料理ですよ。普通は、失敗したくないから簡単なものを作ろうとしませんか？　もしくは、その人の好きな食べ物にしません？　カレーが好きならカレー。ハンバーグが好きならハンバーグ」

「あ、そう……かもね」

紫さんは、視線を斜め上に向けた。自分が恋人に初めて作った料理を思い出しているのだろうか。変な質問をしたことを後悔しつつ、推理を続けた。

「なのに、彼女は全然違うものを作った。久保さんの記憶にないということは、メジャーな料理ではなかったということでしょう。彼女は、それをどうしても作りたかった。久保さんに何かを伝えたくて。たった一度、最初で最後に作る料理にはきっと意味があると思うんですよ」

久保さんを見てゆっくりと言った。

「彼女が僕に伝えたいことって、なんでしょう。いや、どうしてその場で言ってくれなかったんだろう」

「言えなかったんです。言えば、きっとあなたに止められると思ったから。いつか、気付いてくれますようにと願いを込めて作ったんだと思います」

「そんなこと言われても……。この三年間考えても考えてもわからなかったのに」

久保さんは、頭を抱える。まるで、自分の記憶力を責めるかのように。

「だから、ここに来たんでしょう？　大丈夫。私たちに任せてください」どん、と胸に手を当てて紫さんは言う。ちょっと仕草が古臭いけど、そこもなんだか可愛らしい。

「考える時間をください。うちのシェフと相談してみますので、明日以降また来てもらえますか？」

僕は、紫さんに連れられてついつい自信満々に言ってしまった。既に、考えられる可能性は全て出し切ったのに、と後悔してももう遅い。言い切ってしまったものは、仕方がない。最善を尽くすまでだ。

久保さんは、お願いしますと頭を下げて帰っていった。

「紫さん、何か考えでもあるんですか？」

「ううん。でも、ナルくんならできると思ったの。どうしようもない恋の結末に、あなたは優しくピリオドを打ってくれる。私にしてくれたみたいに」

「……」

そんな風に言われたら、弱音なんて吐けなくなるじゃないか。

「もちろんですよ。任せてください」

さっきの紫さんの真似をして胸をどんと手で叩いた。

厨房を通って店と家を仕切る扉を開ける。上がり框《がまち》の手前で靴を脱ぎ、すぐさま居間に寝ころんだ。灯りのついていない台所に人影が見えた。

「兄貴。久保さんのことなんだけどさ」

「さっきは、悪かったな」

「いや、べつに」

「なんか、あの人の話聞いてるとイライラしてしまって」

兄貴が他人の言動で冷静さを保っていられなくなるなんて珍しいことだ。

「もしかして、地雷、踏まれた？」

「ああ。俺の一番痛いところをな」

「元奥さんのこと？」

さっきからずっと気になっていたことを訊く。いつも冷静な兄貴がお客さんに対してつっかかるような言い方をするのは珍しい。ましてや、厨房から消えるなんてよっぽどのことだ。だけど、もし僕があのとき声をかけなかったらどうなっていたか、想像すると怖い。踏まれた地雷を踏み返すくらいでは済まなかったかもしれない。

「ヒカルは、中洲《なかす》のクラブでホステスをしていたんだ。久保さんと状況は似ている。たまたま先輩に連れられて店に行ったらヒカルがいた。同じ大学だということは、そのとき知った。それまで話したこともなかったのに、妙に気が合ってさ。完全に俺の一目惚れだった。勉強ばかりしていたせいか、そういう世界がキラキラ輝いて見えたんだろうな。ただの大学生のヒカルが特別な女に思えて。ダサいだろ、俺……」

兄貴は、一度も僕と目を合わさずに一気に喋ると、後悔したようななんとも言えない苦悶の顔でため息をついた。

「そんなことないよ」陳腐な返ししかできない自分が情けない。なんと言えば兄貴のプライドを傷つけないで済むか、わからなかった。

「ヒカルは、学費を自分で払うために働いてると言っていた。二浪した分の予備校代も自分で払わないといけないと。それが、かっこよく見えた。俺の周りは、アルバイトすらしたことがない金持ちのボンボンばかりだったからとくにな」

元奥さんとは、ほとんど会ったことがない。結婚式も結納も何もしなかったから、会う機会がなかったのだ。こないだ、マホちゃんを迎えに来たときに軽く挨拶をした程度だ。気の強そうな美人、という印象。すっぴんにジャージ姿にもかかわらず、どこか色気がある人だった。

「どんな人間でも、恋をすると少しネジがはずれる。正常な判断ができなくなるものだ」

兄貴は、照れ臭そうに言う。

ひどい目に遭ったと言っていたが、離婚のことだろうか。具体的にどんなことなのかは聞いていない。

「なんか、不思議な感じだな。兄貴とこんな話するなんて」

僕が言うと、兄貴は右手を上げた。缶ビールが握られていた。

「なんだ、酔っぱらっているのか」

「酔わなきゃこんなこと、おまえに話せないだろう」

一気に、ビールを流し込む。どくりどくりと喉仏が動く。兄貴は、酒が強い方ではない。すぐに顔が赤くなってしまう。今だって、耳まで赤くなっている。

「ヒカルには、男がいたんだ」

「え？」

「俺と付き合う前から付き合ってる男がいた。しかも、妻子持ちの男」

「知らなかったの？」

「知ってた。それでもいいから付き合ってほしいと頼んだんだ」

「なんで……」そんな言葉無意味なことはわかっていた。でも、口から出た後だった。僕の知っている兄貴は常に女性からモテモテで、選び放題のパラダイスな人生を送ってきたとばかり思っていたから意外だった。

「子供ができたと聞かされたとき、俺は自分の子供かどうかあいつを問い詰めた。だけど、もう後戻りできない時期にきていたんだ。散々悩んだけれど、別れるという選択にはいたらなかった。自分の子供でなくても育てようと覚悟を決めて結婚した」

「まさか……」最悪の事態を想像してしまった。

「心配するな。マホは間違いなく俺の子供だ。ちゃんと調べたから、大丈夫だ」

「そっか。そんなことがあったとは知らなかったよ」

ほっと胸を撫でおろしたのも束の間、脳裏に先日のスーパーの駐車場での光景が思い出された。

「結婚したら、あいつも変わると思ったんだ。ちゃんと俺だけを見てくれるんじゃないかって期待した。だけど、そうはならなかった」

兄貴は、抑えが利かなくなったのか、壊れた蛇口のように次から次に吐き出していく。

「離婚した原因ってさ……」言い淀んで兄貴を見る。

「切れてなかったんだ、その男と」

「その男って、もしかして?」

「ああ。たぶん、おまえが遠足の日に見たやつだと思う」

兄貴はそこまで言うと、一気にビールを流し込んだ。

僕は、怒りが込み上げてくる。兄貴が頑なにマホちゃんに会わないと決めていたときのことを思うと胸が苦しくなった。よっぽどの理由があるんだろうと思っていたけど想像以上だった。

離婚の際、兄貴はマホちゃんに言った。「お父さんとお母さん、どっちについていくか決めなさい」と。当時七歳か八歳というから、相当覚悟のいる決断だったと思う。母親か父親か自分の意志で選べ、そんな残酷な選択があるだろうか。兄貴は、自信があったのかもしれない。娘は、迷いなく自分を選んでくれるだろうと。そしてそれが、彼女への戒めにもなると。

それなのに、マホちゃんは母親を選んだ。お父さんは一人でも大丈夫だけど、お母さんは自分がついていてあげないとダメだと考えたらしい。あまり利口すぎる子供を持つのも厄介だなと僕はそのとき悟った。

兄貴は離婚する際、二人に約束させた。

元奥さんには「ちゃんと子供を育てること」。

そして、マホちゃんには「たくさん本を読むこと」。

会いたい気持ちを堪えて、兄貴はマホちゃんの誕生日だけ会うことを決めた。自分を選んでくれなかったことが相当悔しかったのだろう。

「マホちゃんは、どこまで知っているのかな。もし、そのことを知ってたら、兄貴のことを選んでいたはずだ。兄貴は、マホちゃんを取り戻したいとか思わないの？」

「マホは、物じゃない。理由がなんであれ、自分の意志で母親を選んだんだ」

「でもさ、あんな冴えないオヤジがマホちゃんの近くにいるって考えるだけで嫌だよ。しかも、妻子持ちなんだろ？」

「ずっと別居していて、ようやく去年離婚が成立したらしい」

「え？　てことは再婚するの？」

「そこまでは聞いてない」

兄貴とマホちゃんが気兼ねなく連絡を取り合うようになったのは、去年の夏からだ。差出人不明のたくさんの本が二人を結びつけた。手の込んだ謎解きは、さすが兄貴の娘だと関心したし、真相がわかったときは感動もした。あのとき、マホちゃんの思いが通じたと僕は思っていたけれど、もしかしたらあれは兄貴へのSOSだったのかもしれない。

「僕は、嫌だな。マホちゃんに何かあったらって考えてしまう」

「変なこと言うなよ」

兄貴は、ビールの空き缶を流しに投げ捨てると自室に戻っていった。


翌日、兄貴は何事もなかったように厨房に立っていた。

「成留、久保さんの言ってたことをもう一回整理して考えてみよう」

「え？　だって、久保さんの彼女がいなくなったのはもう三年も前なんだよ。戻ってくる可能性もないだろうし、今更原因がわかったところでどうしようもないよ」

つい、本音が出てしまった。本人には決して言えないけれど、一晩考えてやっぱり単なる男女のすれ違いだと思った。

「彼女が出て行った謎を解くのではない。彼が注文した料理を提供するのが俺の仕事だ」

「何かわかったの？　思い出の料理」

「いや、それが何かを特定するためにも、彼女がいなくなった謎を解く必要がある」

「料理名がわかれば出て行った理由がわかる。いなくなった理由がわかれば料理名もわかる。そういうことか！」

「とりあえず、要点をまとめろ」

兄貴はそう言うと、ランチの準備を始めた。

「ええと、彼女の名前はナナちゃんで、本名かどうかは不明。その他個人情報は全て嘘の可能性あり。大の写真嫌いで久保さんとの写真もたった一枚だけ。風俗情報誌に無断で写真を掲載されたことで店と揉めていた。その示談金が高額だったのではないかと推測。その後、旅行へ行くなど不審な行動をとっている。ナナちゃんは、『ナナ』というタイトルの本と卵料理を残して姿を消した。ちなみに、この本の内容は娼婦が男たちを翻弄していく話とのこと。こんな感じかな」

「ふむ。ナナちゃんか」

そう言うと、兄貴はこめかみをトントントンと叩いた。

「わかったの？」

「起こる可能性のあることは、いつか実際に起こる」

決めゼリフを吐いて、微笑んだ。

十時半になると、紫さんがやってくる。

「ねえ、ナルくん。今朝、『るりるりプリンセス』やってたんだけど、観た？」

「観てないっすけど」

「まりもちゃんが言ってた、ラズリンの笑い方がおもしろくてね。思わずつられて笑っちゃったわよ」

紫さんは、そう言いながら厨房の兄貴に挨拶する。やっぱり、二人はお似合いだ。悔しいけれど、その事実は変わらない。

「成留。ちょっと買い出し頼んでいいか？」

「うん。何？」

「フランスパン買ってきて」

「何に使うの？」

ランチに使用するサンド類は全て食パンで作るため、うちでフランスパンを使う料理はない。

「特別メニューに使うんだ」

「なんだよ、それ」

「いいから、行ってこい」

兄貴に急かされ、僕は車に乗り込んだ。

近所にある石窯パン工房でフランスパンを買う。

僕が戻った頃には、店は戦場と化していた。

「ナルくん、サラダボールを四つ取って」

紫さんは、てきぱきとホール内を動き回る。僕は、言われた通りに冷蔵庫からサラダを取り出す。ドレッシングをかけて、丸トレイに載せた。

「おまたせしました。はい、こちらランチのサラダセットになります」

「紫ちゃん、おまえより動けるわ」

兄貴が嫌みたっぷりに言う。

「あっそ」

不貞腐れるように呟いた。

紫さんは、なんだかワルツでも踊るみたいに忙しなくホールを回っていた。僕とぶつかりそうになれば、くるりと身を翻す。

ようやく店が落ち着いたのは、三時を過ぎた頃だった。最後のお客さんが、「この傘借りてもいいですか？」と訊いてきた。見覚えのない傘だ。ちらり、と紫さんを見るとウィンクをして合図を送ってきた。

「ちょっと、見せてもらっていいですか？」

お客さんの持っていた傘の柄を確認して思わず噴き出した。

〝どうぞこの傘を使ってください。ご遠慮なく〟

紫さんが書いたものだとすぐにわかった。

「いいですよ。使ってください」

僕は、お客さんを笑顔で見送る。紫さんも出てきて、二人で海を静かに見つめた。

「ナルくん、私ね、今すごく楽しいの。なんか、幸せだなって感じるの。この町に来て本当によかった」叫ぶように言うと、大きく深呼吸した。「気持ちいい。さあ、片付けして、一緒にまかないでも食べよっ」

「はい」

幸せなのは僕の方だよ。だって、こうして毎日紫さんの笑顔に癒されているんだから。

ああ、お腹すいたぁと言いながらテーブルのナプキンを補充していく。


そこへ、まりもちゃん親子がやってきた。フリルのブラウスにデニム地のサロペットという親子コーデが可愛らしい。今日は土曜日なので、幼稚園は休みなのだろう。

「こんにちは。キャラ弁の写真を見ていただきたくて」

母親がスマホをタップしながら言った。

兄貴が厨房から出てきて会釈する。

「あのね、ママの作ったラズリンが一番可愛くできてたんだよ」

まだ見せる前から、まりもちゃんが興奮して言う。僕も、自分のお弁当が一番かっこいいと思っていたときのことを思い出した。

「ほら、これ見て」

まりもちゃんがスマホを取り上げて見せてくる。

「おー。すごい。完璧に再現されてる。それでいて、この周りに飾ったお花が可愛い」

僕は、小さく拍手をする。

「さすがですね。うん、俺が作ったやつより可愛い」

兄貴がさらりと褒める。

「今朝、観たわよ。『るりるりプリンセス』」

紫さんが腰を屈めてまりもちゃんに言った。

「どうだった？」

「変身してラズリンが変な声で笑うとこがおもしろかった」

「でしょ。きーっきゃきゃきゃきゃきゃきゃー」

まりもちゃんがラズリンの真似をして、それを見てみんなが笑う。とても、穏やかなマホロバの昼下がり。

二人は、ケーキセットを食べ終えると、マーフィー親子の元へ寄っていく。

「さあ、まかないをちゃちゃっと済ませてディナーの準備だ」

兄貴に言われ、僕と紫さんは交互に昼食をとった。今日のランチは、タコライス風スパゲッティパングラタンだった。かなり、映えを狙った一品だ。ランチ時は、カシャカシャとスマホを手にする女性客が目立った。厚切りの食パンにタコミートを絡めたスパゲッティが載り、一度オーブンで焼き色をつけた後に刻んだトマトとレタスをたっぷり載せる。最後にチーズと温玉をトッピングしてできあがり。食パンをお皿代わりにして、中の具をよく混ぜて食べると口の中が幸せで溢れそうになる。甘みと酸味が絶妙で、レタスのしゃきしゃき感がたまらない。

食材が余っていたおかげで僕たちも堪能することができた。


ディナーが始まるほんの少し前、ゆっくりと扉が開いた。準備中のプレートをかけ忘れていただろうかと振り向くと、久保さんが立っていた。目が合い、お互い会釈した。

「さあ、こちらへどうぞ」

兄貴がカウンターへ促す。

「明日以降と言われたのでさっそく来ました」

久保さんは腰かけるなり、ぺこっと頭を下げた。

「ご注文をどうぞ」

兄貴は、自信満々に言う。

「では、思い出の料理をお願いします」

「確認させてください。卵と野菜とチーズが入ったオシャレな名前の料理で、アツアツで口の中でとろっとほろっとする感じで間違いありませんね？」

「はい」

「かしこまりました。少々、お待ちください」

兄貴は、厨房へ入って行く。

昨日、あれだけ考えてもわからなかったのに、一晩寝たくらいで閃《ひらめ》くものだろうか。昨晩の酔っぱらって弱音を吐いていた姿が嘘みたいだ。

「昨日は、全然気付かなかったけど、猫飼われてるんですね」

久保さんは、まりもちゃんが抱いているラズリンを見つめている。

「猫、お好きですか？」

「ええ」

久保さんは席を立つと、まりもちゃんの元へ寄っていった。「可愛いねぇ」と人差し指をラズリンの顔にくっつける。こちょこちょっとおでこや顎下をいじって遊んでいる。

ふと、兄貴の方に視線をやると、オーブンの前で腕を組んで何かが焼き上がるのをじっと待っていた。調理台のバットの中には、一口大にカットされたアボカドとミニトマトが入っていた。その横には、僕が買ってきたフランスパンがある。あれをどう使ったのだろう。

「さあ、思い出の料理ができあがりましたよ」

兄貴は、カウンターの上に白い大きな皿を置いた。その上には陶器でできた小さな器が載っている。蓋がされていて、中身は見えない。

「これは、なんですか?」久保さんが訊いた。

「おそらく、彼女が作った料理はこれだと思います」

「いえいえ。こんな、蓋なんてついてませんでしたよ」

「まあ、これは演出だと思っていただければ。蓋はあってもなくても料理名は変わりません」

いつものキラースマイルが飛ぶ。兄貴は、何が出てくるんだろうというドキドキ感を演出したかったのだろうか。

「じゃ、開けますね?」

兄貴が蓋の取っ手を持つ。それを、みんなが息を呑んで見守る。僕は、どうか正解であってほしいと願いながら皿を見つめていた。

開いた瞬間、湯気が出る。中は、焼きカレーのようなグラタンのようなキッシュのようなものが中から出てきて、思わず「なんだ?」と呟いていた。野菜の赤、黄、緑、といった鮮やかな彩りとチーズの焼き目が食欲をそそる。

「どうぞ、召し上がってみてください」

兄貴が久保さんを見つめる。その様子を僕と紫さんは、チラチラと目配せをしあいながら見つめる。正解か不正解かのジャッジを待つクイズ番組のような感じで。早く、答えを教えてほしい。いったい、この料理はなんなんだ。そして、これが思い出の料理なのかどうかを。

「いただきます」

久保さんは、少し迷いながら木製フォークを手にした。スプーンではなく、フォークで食べるものなのか、と僕はその料理を見つめた。掬い上げた瞬間、チーズが伸びる。その隙間から卵の黄身がとろりと落ち、周りの野菜を染めていく。アボカドとミニトマトを口に入れて、久保さんがわずかに首を傾げた。この料理ではないのだろうか？

「どうですか？」

待っていられず、僕は訊ねた。

「うーん」と唸ってから、「この料理名はなんですか？」と訊いた。

「ココットです」

兄貴の態度は一貫して変わらなかった。久保さんが、少し首を傾げたにもかかわらず、こんなに強気でいられるのはなぜだろう。まさか、記憶を上書きしようなんて小賢《こざか》しい真似はさすがにしないだろう。

「ココットか。ココット……。ココット……」

久保さんは、舌の上でその言葉を転がすように何度も呟いた。

「材料は、人によってさまざまなので、彼女が作ったものと完全に一緒かどうかはわかりませんが、おそらくこの料理で間違いないと思います」

兄貴の説明を受けて、もう一口、口に入れた。卵を絡めて、掬い取る。

「たぶん、これです。ありがとうございます。思い出しました。美味しいという記憶と嬉しいという記憶が混ざって曖昧になってしまっていたんだと思います」

久保さんは、礼を言いながら口いっぱいに頬張っていく。

「どうして、ココットだとわかったんですか？」

紫さんが訊いた。僕も、ずっと気になっていたことだ。

「ナナちゃんという名前だったんだろ？　しかも最後に、自分の名前と同じ小説を置いていった」

「はい」僕たちは、それがどうしたんだという感じで兄貴を見る。

「ココットには、娼婦っていう意味もあるんだ。『ナナ』という小説を置いていったと聞いてわかった。ナナちゃんは、風俗店で働いていたという過去を捨てるためにその小説を置いていったんじゃないでしょうか」

兄貴は、腕を組み、眉間に皺を寄せゆっくりと推理を述べた。なるほど、と納得する一方でどこか腑に落ちない自分がいることに気付いた。料理名がココットだというのは理解できる。ただ、何も言わずいなくなった理由がいまいちよくわからない。料理は、単なるお礼のつもりだったのか。では、彼女は今どこで何をしているのだろう。そんなこと、誰にもわかるはずはないのに、つい考えてしまう。

「んー。うまく言えないんだけど……」僕は、見切り発車で喋りだした。「久保さんは、別れたいと思ったらいつでも別れていいから付き合ってほしいと彼女に告白したんですよね？」

今更そんなこと、という久保さんの視線を感じながら僕は続けた。

「彼女は久保さんを騙していたとは思えません。もし、お金のために付き合っていたのなら、もっと他に方法があったはずです。一年も付き合った事実がそれを物語っています。きっと、彼女も久保さんのことが好きだった。でも、何かどうしようもない理由があって、姿を消さなければいけなかった。久保さんからしたら急にいなくなったように思えるかもしれないけど、彼女はずっと悩んでいたんじゃないかな」

「どうしようもない理由ってなんでしょう？」久保さんが不安そうに訊く。

「彼女は、最初から姿を消すつもりだったのかもしれない」

紫さんが言った。

「どういうことですか？」久保さんが訊く。

「彼女の行動はナナという人間を消そうとしているように見えます。でも、彼女は久保さんへの思いをちゃんと残していってる」

「思い？」僕は訊いた。

「最後に、久保さんの願いを叶えてくれたんでしょ？　料理を作ってくれた。その思いがあるじゃない」

　紫さんが、久保さんの方を見て力強く言う。

「でも……」久保さんは、納得できずに顔を顰める。

「好きになればなるほど、苦しくなった。彼女は出て行くタイミングを見計らっていた。だけど、なかなか出て行く気になれない」

　僕は、ぽつりぽつりと考えを述べる。そして、紫さんが言う。

「『いつでも止められるものほどいつまでも止める気にならない　by マーフィー』。つまり、最初はあなたの思いを利用しようとしてた。だけど、一緒にいるにつれて好きになってしまった。いつでも別れられると思っていたのに別れられない自分に気付いた。本来の目的を忘れてしまいそうになった彼女は、早くここから姿を消さないと、とついに行動を起こした。こんな感じかしら？」

　本来の目的、これがどうしてもわからない。彼女が姿を消さなければいけなかった理由を考える。

そのとき、まりもちゃんがカウンターへ寄ってきた。「ねえねえ、これ見て」と動画を紫さんに見せる。

『きーっきゃきゃきゃきゃきゃきゃー。きゃきゃきゃきゃきゃきゃきゃー』

甲高いラズリンの声が店内に響いた。どうやら、音量を最大にしてしまったらしい。

「え？　もう一回見せて」

久保さんが身を乗り出す。

まりもちゃんがタップすると、さっきの動画が再生された。

『きーっきゃきゃきゃきゃきゃきゃー。きゃきゃきゃきゃきゃきゃきゃー』

またしても、ラズリンの笑い声が聞こえる。耳の奥にツンと残る印象的な声。

「この猫のキャラクターは、有名なやつなの？」

久保さんは、なぜか興奮していた。「だ、誰がこれ喋ってるの？　有名な人？」早口で捲し立てる。

「しらなーい」

まりもちゃんが困ったように答える。

「どうかされたんですか？」

紫さんが訊く。

「いや、これ、ナナちゃんの笑ったときの声に似てるんです。僕が何か変なことを言うと、バカみたいにはしゃいで大声で笑ってくれるんです。思わずこっちもつられて笑っちゃって二人でお腹痛くなることがよくありました」

まさか、と思いながら公式サイトで確認してみた。

「鈴鳴《すずなり》サラ、という声優さんみたいですね。人気かどうかは不明ですが、とくにこれといったプロフィールも出てこないし、顔写真とかもないですね」

「調べようがないってわけですか」

久保さんは、肩を落とす。最近は、声優のビジュアルも重視される時代になったと聞く。歌やダンスを披露するアイドルのような声優も増えてきたとテレビで特集されているのを観た。ざっと調べてプロフィールが出ないということは、人気がない、もしくは、まだそこまでの知名度がないということではないだろうか。

「いや、そうとも限らないぞ」

兄貴がメモ紙に何か書きながら言った。それをみんなで見つめる。

「昔、ココットとなった後に人気女優になったサラ・ベルナールという人物がいる。よく見て。ベルナール……ベルが鳴る……鈴が鳴る……鈴鳴サラ。もしかしたら、それから名前を取ったのかもしれない」

兄貴の書いた文字を見て、久保さんの顔が強張るのがわかった。はっと口を閉ざす。ここへ来たことを後悔しているのだろうか。彼女にとっては決して知られたくない過去なのだ。彼女を慮るのならば、〝事実を知ることが必ずしも正解とは限らない〟。そんな兄貴の言葉が頭を過った。

ナナという娼婦の名前を捨て、鈴鳴サラという新しい名前を得た。彼女は、夢のために自分の過去を捨て久保さんの元を去ったと考えるのが自然だろう。別れの言葉の代わりに彼女が残したものは、自分の名前と同じタイトルの小説とココットという名の料理。風俗情報誌の写真の無断掲載。もしあれがなかったら、ナナちゃんはアイドルのような声優をめざしていただろうか。それは誰にもわからない。だけど、彼女が選んだ道を邪魔する権利は誰にもない。

「ごちそうさまでした。ありがとうございます」

久保さんは、きゅっと唇を噛みしめ、多くを語らないまま店を後にした。

運命は残酷だ。想い合っていても、別れが訪れる。何かを手にした途端、何かを手放さなければいけない。夢も愛も両方手に入れることは、そんなにいけないことなのか。僕はただ、この店に訪れた人がどうか幸せであってほしいと願う。

四章　母親は〝こんな日もあるさ〟と教えてくれたけど、こんなに多いとは聞いていない

昼下がり。桃のブランマンジェにルビーチョコをあしらったデザートプレートが飛ぶように出て行く。〝春季限定〟という謳《うた》い文句をつけただけなのに、と兄貴は苦笑する。缶詰の桃を使っているなんて、みんな知らないんだろうな。桃の節句のイメージなのか、桜と同じく春の花だからなのか、桃を春の果物と勘違いしている人が多い。だけど、実際は六月から九月頃が旬と言われている。

　春は人を油断させる魔法のような季節だ。妙にセンチメンタルな気持ちになってしまうのは僕だけなのかな。既に葉桜となった海岸沿いは、なんだかちょっとだけ物悲しい。来年もまたここで一緒に桜を見られたらいいな、なんて……。

「とうとう、ラズリンだけになってしまったわね」

　すくすくと育った子猫たちは、それぞれ別々の家にもらわれていった。成長するにつれ、ラズリンは更に可愛さを増していった。真っ白い毛に青と黄のオッドアイをしたラズリンは、とても神秘的で神々しささえある。隣にいるマーフィーが真っ黒だから余計に際立っ

て見える。

「なんだか、オセロみたいな親子ですね」

「ほんとね。そういえば、最近また、噂が広まってるらしいわよ」

「噂ってどんな？」

「白猫の右手をつかんで三秒祈ると願い事が叶うって、誰かがSNSに投稿したみたい」

「ラズリンの右手をつかむだけで願い事が？　それ、詐欺で訴えられたりしませんかね」

思わず苦笑する。ありがたいことに口コミはどんどん広がり、最近は他県からのお客さんも増えてきている。以前とはくらべものにならないくらい店は忙しくなった。

兄貴は、この状況をどう思っているのだろう。商売っ気のないスタイルでずっとやってきたが、去年の台風で店が半壊してからは、そんな悠長なことを言っていられなくなった。母ちゃんの知り合いである足長《あしなが》さんのおかげでなんとか再開できたが、きちんと借金は返すつもりでいる。いつでもいいよ、と言ってくれたけれど、そう甘えてはいられない。母ちゃんの城であるこの店を守るためなら僕たち兄弟はなんだってやる。だから今は、噂だろうとなんだろうとありがたく利用させてもらう。

「ねえ、ナルくん。明日、お休みでしょ。お母さんのお見舞いに行かない？　私もついて行こうと思うんだけどいいかしら？」

あまりの唐突な申し出に驚いて、すぐに言葉が出なかった。

「……な、なんで紫さんが？」

「ほら、アルバイトとして雇っていただいたのに、まだ一度もご挨拶に行けてなかったから。元々は、ここ、お母さんのお店なのよね？」

「そうですけど。そんな気を遣ってくれなくても母ちゃんなら大丈夫ですよ。適当に、僕の方から伝えておきますし」

今年の頭に、吉塚《よしづか》にあるQ大病院から愛島の総合病院に転院してきた。母ちゃんのベッドの横にはいつも足長さんが寄り添うように座っている。どういう関係なのかなんて、そんな野暮なことは訊かない。僕らからすれば足長さんは恩人だ。お金のことだけではない。母ちゃんが幸せそうに微笑んでいる姿が見られてほっとしている。

「でも、もう行くって言っちゃった」

「え？」

「ミナトさんと行くことになってるんだけど、ナルくんも一緒にと思って」

いつの間にそんな話をしたのだろう。

「じゃ、僕も一緒に行きます」間髪を容《い》れず答えた。

兄貴と紫さんを二人きりにさせるわけにはいかない。

翌日、兄貴の運転で紫さんをひまわり荘まで迎えに行った。こうして、三人で車に乗るのは去年の夏祭り以来だろう。なんだか、懐かしい。ラジオを点《つ》けると、プロレスラーのＭＡＸ深海沢の入場曲『ファイティングスター』が流れてきた。あの日は、とても濃密な一日だった。一人の男性が新しい夢を見つけたり、また別の男性が一世一代のプロポーズを断られたり、サプライズが次々に起こったのだから。

その後、彼らの人生が大きく変わったのは言うまでもない。前者は今も夢の只中《ただなか》で走り続けているし、後者は新しいパートナーを見つけた。人生の選択は無数にあり、未来は何度でも変えられる。

紫さんは、日傘を閉じると後部座席に乗り込んだ。ふんわりと、プルメリアの香りが鼻を掠《かす》める。真っ白いコットンのワンピースに、菜の花みたいな黄色のパーカーがよく似合っていた。桜は散ってしまったけれど、菜の花はあちこちで見かける。青空と菜の花の組み合わせは元気の象徴みたいで、見ていて気持ちがいい。窓の外を見つめる紫さんの横顔が美しくて、思わず見とれてしまった。

病室に入ると、足長さんと母ちゃんがオセロをしていた。南向きの部屋の窓際は、陽の光が当たって気持ちよさそう。

「こんにちは」

兄貴が声をかけると、二人が視線を上げた。

「やあ。おそろいで」

足長さんは、立ち上がって会釈した。ロマンスグレーの素敵な紳士、という感じだ。資産家で、悠々自適なセカンドライフを謳歌しているらしい。これで、独身というのが謎だけど。

「いつもありがとうございます」兄貴が頭を下げると、いやいやと足長さんは首を振った。

「あら、やだ。何、そちらは？」

母ちゃんは、ちょっと芝居がかったような声を出して目を丸くした。僕の方は一切見ずに、紫さんの方ばかりを見ている。

「こんにちは。はじめまして、邑崎紫と申します」

丁寧にお辞儀をすると、ゆっくり顔を上げて微笑んだ。シチュエーションのせいなのか、ただの自己紹介が意味深なものに見えてしまう。他の入院患者のおばさまたちが、紫さんをじろじろ見ている。まるで、他人の家の嫁を査定するかのような視線で。

「こないだ、話しただろ？　アルバイトの紫ちゃん」

兄貴が紙袋からタッパーを取り出しながら言う。

「んまあ。こんな可愛らしいお嬢さんがねぇ。どうぞ、うちの息子をよろしくお願いします」

「こちらこそ、どうぞよろしくお願いします」紫さんは、深々と頭を下げる。

「この子ちょっと、性格がきついところがあるけど、大丈夫かしら？」

母ちゃんは、兄貴の方にちらりと視線をやりながら早口で捲し立てる。

「いえいえ。いつも、よくしてくださっています」

「そう？　ならいいんだけど。でも、よかったわ。こんな素敵な方がいるなら早く紹介してくれたらよかったのに。ねえ」

足長さんに同意を求めるように視線を向ける。

どうやら母ちゃんは、紫さんを兄貴の恋人と勘違いしてしまったらしい。

「筍と菜の花の煮物、ここに置いておくから。これ、紫ちゃんが作ってくれたんだ」

兄貴は、なんの訂正もせずに話を進める。

「まあ、ありがとう。気が利くわね」

「いえ。煮物だけは、母に仕込まれたので自信があるんです」

「なんで？」素朴な疑問が口から出る。百歩譲って、紫さんが調理担当ならまだわかる。腕前を披露するために持ってきたという理由が成立する。だけど、彼女は僕と同じホール担当で接客しかやっていない。

「なんでって何が？」兄貴が笑いながら訊いてくる。

「それだよ、それ」僕は、煮物の入ったタッパーを指す。

「母ちゃんが、病院メシに飽きたって言うからさ」

「だからって、なんで紫さんが？　紫さんの手料理なんて、僕も食べたことないのに」

「紙皿と割り箸、みんなの分もあるわよ。ナルくんもよかったらどうぞ」

「そういうことじゃなくて……」

手料理を差し入れで持ってくるなんていかにも彼女っぽいじゃないか。そりゃ、誰だって勘違いしてしまう。それでなくても、一人はお似合いのカップルに見えるんだから。

「おまえも、食うか？」兄貴が紙皿を勧めてくる。

「いいよ、僕は」つい、意地を張ってしまった。

「あ、私、取り分けますね」紫さんは、均等に盛り付けていく。

二人が否定しないから、話がどんどんおかしな方へ流れていっている。

「あのさ、母ちゃん、なんか勘違いしてない？　紫さんは、ただのアルバイトだよ」

「え？　ただの？」紫さんが、反応する。

「ただのってひどいよなぁ？」兄貴が加勢するから、余計におかしな空気になる。

「いや、そういう意味じゃなくて。ただのアルバイトというのは、特別なアレではないという意味であって……」僕は慌てて弁解するが、空回りしてうまく伝わらない。

「そういうことね」

母ちゃんは、僕の耳元で囁いた。

「へ？　何が？」

「ダメよ。あんた、昔からなんでも海人のもの欲しがってしょうがなかったもんねぇ。ほら、歳が離れてるでしょ。だから、この子ったら――」

更に、母ちゃんの勘違いは続く。あたふたする僕を見て、紫さんと兄貴がくすくす笑っている。

「なんで、二人とも黙ってるんだよ」

僕は、ムキになって大声を出す。

「ちょっと、成留。うるさいぞ」

兄貴が僕を叱る。まるで、わがままを言う子どもを宥めるみたいに。

「すみません。水城さん、お薬の時間です」

そこへ、若いナースがやってきた。ショートカットの小柄な女性で、僕の顔をじーっと見てくる。大声を出したことを注意されるのだろうかと冷や冷やしながら顔を伏せた。

「あ、やっぱり水城くんだ」

ナースは、僕に向かって言ってきた。

「ん？」それが誰なのかわからずに言葉に詰まった。

「あたし、同じ中学の櫻井芽衣子《さくらいめいこ》。覚えてないかな？　ほら、プ、い、ールのとき、い、い、に……」

途中で説明を止めると、照れ臭そうにうつむいた。

「おー。はいはい。覚えてる覚えてる。櫻井さん？　えっ、なんか全然雰囲気違うっていうか……。だって、昔はすっげー髪長かったから」

「そうそう。昔は、腰まで伸ばしてたもんね。看護学校に入ってから、バッサリ切ったの」

「へぇ。ここで働いてたんだ」

「うん。水城なんて名字珍しいし、もしかしたらって思ってたんだけど、本当に水城くんのお母さんだったとはびっくりだな」

櫻井さんは、僕と母ちゃんの顔を交互に見ると、「そういえば、目元が似てるわね」と笑った。

「あらやだっ。成留の同級生だったの？　もう、早く言ってくれればよかったのに」

母ちゃんが、にやにやしながら僕を見てくる。

櫻井さんは、中学卒業後、県外の看護学校に進学したと聞いていた。再会するなら、成人式かなと思っていたけど、まさかこんな形で会えるとは思っていなかった。僕と櫻井さんは、付き合いこそしなかったけど、ほんの一瞬恋仲になりかけたことがある。

「ねえ、今、F大行ってるんでしょ？」櫻井さんが訊いてくる。

「うん。なんで知ってんの？」

「栄《さかえ》くんから聞いた」

「マジで？　え？　櫻井さんとアユム、仲よかったっけ？」

クラスも違ったし、二人に接点なんてなかったはずだけど。

「Ｆａｃｅｂｏｏｋで繋がって、それからたまにメッセージのやりとりしてるんだ」

ああ、なるほどねと合点がいった。ＳＮＳには、登録した情報などから自分と関係のありそうなアカウントを表示してくれる機能がある。

ちなみに栄アユムは、僕の小学生のときからの親友で元ライバル。例のスリッポン事件の当事者といえばわかるだろうか。

「栄くんと、今も仲いいんでしょ？」

「まあ。でも、あいつマメじゃないから、ＬＩＮＥ送っても返ってくるの翌月とかだったりするんだよ」

「そう……なんだ」櫻井さんは、困ったように微笑んだ。

「え、もしかして、櫻井さんにはレス早いとか？」

「けっこうすぐ返ってくるよ」へへへ、と片眉を下げながら笑う顔が昔と変わっていなくて懐かしかった。

「マジかよ。あとで、電話してみるわ」

「今、こっち帰ってきてるみたい」

「は？　なんで？」

アユムは、東京《とうきょう》の大学にスポーツ推薦で入学し、今はオリンピック強化指定選手として忙しいはずだ。まもなく、代表選考会ではなかっただろうか。

「詳しくは聞いてないんだけど、時間があったらご飯でも行こうって」

「なんだよ、それ。僕には何にも言ってなかったけどな」

急に、イライラしてきた。櫻井さんとこっそり連絡を取り合っていたことにも、僕に何も連絡を寄こしてこないことにも。

「前に、水泳やめようかなって相談されたことがあるんだよね」

「はぁ？　いつ？　聞いてねぇぞそんな話」

大声で返してしまった。べつに、櫻井さんは何も悪くないのに。

「なんでやめたいか、理由聞いた？」

「うーん。限界みたいなこと言ってた」

「何言ってんだよ、あいつ」

僕の怒りはヒートアップしていく。

「ナルくん、そろそろ帰ろうか」

空気を察したのか、紫さんが声をかけてくれた。

「はい。すみません」一旦冷静になる。

「じゃ、母ちゃんまた。ゆっくり話せなくて、ごめんな」

兄貴が顔の前で合掌のポーズで謝っている。僕が空気を乱してしまっていることに気付いていたが、心の中はそれどころではなかった。アユムにすぐに連絡しなければと気が急《せ》く。

「失礼します」

僕たち三人は、挨拶をすると病室を出た。

病院を出てすぐアユムに電話をかけたが繋がらなかった。何度かしつこくコールを鳴らしたものの繋がらないのでLINEを送った。

『櫻井さんに会った』という短いメッセージで、おそらく意味が伝わるだろう。

車のドアを開けようとしたところで、「あ、ちょっと」と足長さんに呼び止められた。

「店は、順調そうだね」

「おかげさまで。お金の方は、すぐにとはいきませんけど、必ずお返ししますので」

兄貴が頭を下げる。

「いやいや、それはいつでもいいんだよ。今日は、ちょっと訊きたいことがあってね」

足長さんは、言いにくそうに顔を歪めて、苦笑した。まさか、母ちゃんと結婚させてくれなんていうお願いだったりして、と僕は息を呑んだ。

「君たちの店に、毎回予約して同じ席に座る男性客がいると思うんだが、わかるかな」

「はいはい。わかりますよ。お知り合いですか？」

直角さんのことだ。

「彼に、雰囲気のいいお店を紹介してほしいと頼まれてね」

「そうだったんですか。ありがとうございます」

「彼、どう？」

足長さんの質問の意図がよくわからなかった。

「どうって訊かれましても」兄貴が苦笑する。

「ちょっと、変わってるでしょう」いまいち、何が訊きたいかわからない。

「といいますと？」

「何か、迷惑かけたりしてないかなと思って」

「いや、とくに。いつも、静かに食べてらっしゃいますし、こちらは何も。ねえ？」

僕は、紫さんに同意を求める。

「うん」

「そうか。じゃ、いいんだ」

足長さんは笑顔で答えると、踵《きびす》を返そうとした。

「待ってください。わざわざ訊いてきたのには何か理由があるんですよね？」

兄貴が呼び止める。確かに、駐車場まで追ってくるなんて、ちょっとおかしい。

「いやいや、君たちは気にしなくていいんだ」

「そんなこと言われたら、逆に気になりますよ」

「じゃ、気にして見てくれ」

足長さんは、あはっと笑みをこぼす。

「意味深だな」僕が呟く。

「どういうことかしら？　気にして見てくれって」今度は、紫さんが呟く。

「さあな」

兄貴は、両肩をくいっと上げてわからないといった仕草をした。

車に乗り込んだ後も謎解明の追求は続いていた。

「直角さんと足長さんの関係ってなんなんだろな？」

兄貴が疑問を口にする。

「うーん」紫さんが首を捻る。二人は、親子ほどの歳の差がある。

「関係性がわからないから、目的も不明だ」

「毎回予約して同じ席に座るということを足長さんに指示されてやってるとか？」

「なんのために」

「何かの調査員とか？　例えば、グルメ系の情報誌とか」

紫さんは、人差し指をピンと立てながら答える。

「いやいや、足長さんはリタイアした資産家だって聞いてるよ」

即座に兄貴が否定する。

「それも全部嘘だったりして。母ちゃんに近づいてマホロバを乗っ取ろうと考えてるとか」

僕は、二人の間に割って入る。

「ありえないな」

「なんで？」

「乗っ取ったところで、俺が料理を作らなければマホロバに客は呼べないだろう」

兄貴は、自信満々に言う。

「他に、いいシェフがいるとか。あ、直角さんがそうなんじゃない？　うちの店の料理を食べてさ……」

そこまで言って、違うと判断した。

「うちの店の料理の視察だとしたら、毎回グラタンばかり注文しないだろ」

兄貴がきっぱりと否定する。

「謎は深まるばかりね。二人の関係と目的か」紫さんが言う。

「うーん。それよりも、足長さんが独身ってことが一番の謎なんだよな」

僕は、首を捻る。

「何かあるな」

兄貴は、二度頷いた。

「でも、悪い人には見えないわよ」

「そうなんだよ。いつも紳士的でさ、優しくて、お金もあって、ルックスだって悪くない。だから余計に不思議なんだ」

「そういうミナトさんだって、独身よ」

紫さんは、言ったあと少し顔を赤らめた。

「いや、それが足長さんの場合、結婚歴が一度もないらしいんだ。もう、還暦近いはずなんだけど」

「その情報は正しいの？　もしかしたら、何か理由があって隠してるのかもしれないわよ」

「隠す理由はないと思うけどな」

兄貴は、うーんと唸りながら言葉を濁した。今でこそ、結婚という選択をしない人は増えてきた。一生独身でいることや、事実婚など、様々なスタイルが認められるようになった。だけど、母ちゃんや足長さんの時代は結婚して一人前、結婚して当たり前みたいな価値観の人が多かったはずだ。

それから帰り着くまでの間、誰も言葉を発さなかった。

それから数日後、僕はアユムを店に呼び出した。今夜のディナータイムは、あまり予約が入っていない。色々と話を聞くにはちょうどいいと思った。

扉から入ってくるアユムを見て、皆が視線をやる。異様なオーラは、ガタイのよさだけではない。雑誌から飛び出してきたような派手な恰好が目を引いた。

蛍光色のキャップに、サイバー柄のウィンドブレーカー。激しいダメージジーンズに、お馴染みのVANSのスリッポンを履いていた。身長は、百八十センチを超えている。いや、もっとあるかもしれない。しばらく会わない間に、以前よりも一回り大きくなったように感じた。服を着ていてもわかる肩幅の広さと胸板の厚さは、男の僕から見てもかっこいいと、思わず見とれてしまうほどだった。

「いらっしゃい。まあ、そこに座れよ」

僕は、目を合わせずにアユムを促した。床を踏みしめる音が振動で伝わってくるくらいの巨体。

「どうぞ。こちら、メニューです」

紫さんが笑顔で接客する。アユムはメニューをざっと見て、「へえ、昔とずいぶん変わったな」と呟いた。昔というほど昔ではない。高校の頃は、部活帰りに毎日ここで夕飯を食べていたのだから。それに、アユムは毎回同じ料理しか注文しない。

「お姉さん、グリーンピース好き？」

アユムが紫さんをナンパする。お決まりのセリフでまずはご挨拶。

「好きでも嫌いでもないけどっ」語尾に力を入れて答える。

「じゃさ、シューマイのグリーンピースってどう思う？　あれ、いらなくね？」

「あれは、個数を数えるときに便利なのよ。確か、テレビでそんなこと言ってたわ」紫さんは、うまい具合に躱す。

「そうなんだ。俺、グリーンピース嫌いでさ。ここのオムライスには入ってないよな？」

「入ってますよ」即答。

「じゃ、オムライスのグリーンピース抜きをお願いします。大盛りで」

アユムは、メニューを閉じた。

「おまえさ、久しぶりに来たんだからオムライス以外注文しろよ」

僕は、ため息まじりに言った。

「おばちゃんのオムライスとどっちがうまいかな」

厨房の兄貴へ、会釈をしながら言った。

ヘラヘラとした態度は相変わらずだ。よく言えばフランク、悪く言えば失礼なやつ。根はいいやつなのに、この態度のせいでいつも誤解される。遠征試合のときなんか、よく他校の生徒とケンカになったものだ。毎回、僕が仲裁に入ってなんとかおさめていたけれど、先生にバレないかと毎回冷や冷やさせられた。でも、今思うと、あれはあれで楽しかった。

アユムと出会って十年以上経つが、いつもハラハラドキドキさせてくれるので飽きない。アユムが豪快なぶん、僕が大人しく見えていただけなのに、なぜか「栄くんはいじわるで、水城くんは優しい」というイメージがついてしまった。周りからは、正反対の二人なんて言われていたけど、僕たちはとにかく馬が合った。グリーンピースが嫌いというのも共通点である。

「僕の幼馴染みの栄アユムです」改めて、紫さんに紹介する。

「どうもぉ。ナルがいつもお世話になってますぅ」アユムはふざけて、三つ指をつく仕草をした。

「いえいえ、こちらこそぉ」紫さんは、アユムのテンションに合わせてくれる。

「ふつつかものですが、どうぞ、末永くよろしくお願いします」

アユムは、僕の肩をポンポンと叩きながら頭を下げた。

「おまえは、ふざけてばっかりだな」

僕が呟くと、アユムが耳元で「頑張れよ」と囁いた。

「何が？」

「おまえの好きなタイプくらいわかるって」

紫さんに聞こえないように、こそこそと話す。

「そんなことより、なんでこっちに帰ってきてるんだよ。もうすぐ、選考会の時期なんじゃないか？」

「春休みだよ春休み」

「もう、春休みは終わってるよ」

「まあまあまあ、そうカリカリするなって」

「どうなんだよ。調子は」

僕がつめ寄ると、アユムが降参するように「よくねぇよ」と呟いた。

「俺、ショップの店員になろうかな。どう思う？　お姉さん」

襟元をつかみながら、どうだと言わんばかりの顔をした。「何、かっこつけてんだよ」

という僕のつっこみはスルーされた。

「そうねえ。でも、お洋服屋さんは今じゃなくてもできるでしょ」

さすが紫さん、ナイスな返しだ。

「水泳は、今しかできないぞ」僕は、すかさず言い添える。

「うるせぇな。だから、おまえには相談したくなかったんだよ」

アユムは、ふーっと大きくため息をついた。

「そうやって逃げてていいのか？」

「おまえには言われたくねーな」

「あ？」一歩前に出る。

「じゃ、訊くけど、なんでおまえは水泳をやめた？」

「またその話かよ。大学でやりたいことがあるって言っただろ」

「そうやってごまかすんだな。じゃ、大学で何をしてるか言ってみろよ。ほら。サークルか？　合コンか？」

「自分がうまくいってないからって僕にからんでくるなよ。アユムは、将来を期待された選手なんだから頑張れよ」

「おまえだって期待されてたのに。なんでやめたんだよ」

「僕が水泳やめたことなんて今更どうでもいいじゃん」

「よくねぇよ。俺はずっと気になってるんだ」

「何を？」

「あの大会でおまえは本気を出さなかった。俺に、大学の推薦を譲るためにわざと負けたんだろ。違うか？」

あの大会とは、僕たちの引退試合のことだ。実際はどうかわからないけど、噂では勝った方がN大水泳部の推薦がもらえるということだった。

「違うよ」きっぱりと言う。

「それまで俺は、大きな大会で一度もおまえに勝ったことがなかった。だから、あの瞬間死ぬほど興奮したし嬉しかったんだ。派手にガッツポーズして、バカみたいにはしゃいでた。そんな俺を見て、おまえは笑ってたよな」

「覚えてねーよ」

嘘だ。忘れるわけがない。あの日のことは、鮮明に覚えている。母ちゃんが朝からゲン担ぎにとカツレツ三種盛りを作ってくれたことだって覚えている。僕は、ルーティーンを崩したくないからと断っていつも通りの朝飯を食べたけど。

「わざと負けてやったのにってバカにしてたんだろ？」

「なんでそうなるんだよ」

「中学の水泳大会のときも、おまえは負けたのに笑ってたよな？」

「あれは違うよ……」

「あれは？」

アユムがにやりと笑う。誘導尋問にひっかかったな、とでも言わんばかりの表情だ。

「関係ない話持ってくるなよ」

僕は顔を顰めて、それ以上何も言うなよとアユムに合図を送る。引退試合のことは思い出したくない。それに、中学の水泳大会の話なんてここでしたくない。

「さあ、オムライスできたぞ」

兄貴が特大のオムライスをカウンターに置く。

「なんだよこれ」

中央にこんもりと盛られたグリーンピースを見て、僕たちはのけぞった。

「前々から思ってたんだけど、バタフライってなんのためにあるんだ？」

僕たちのつっこみを無視して兄貴が訊いてきた。

「いや、それってなんで野球ってあるのみたいな質問だから」

僕は冷静に返答する。バタフライの存在意義について疑問に思う人は多い。

もし、海に落ちて自力で岸まで泳がなきゃいけないってとき、バタフライを選ぶ人はいないと思う。速く泳ぐためにはクロール、長く泳ぎたいときは平泳ぎ、呼吸を楽に泳ぎたいときは背泳ぎ。じゃ、バタフライはいらないだろうというのが水泳をしていない人の意見らしい。

「なくてもいいのにあるっていう点では、グリーンピースと同じだよな」兄貴が当然のことのように言う。

「いやいや、バタフライは必要だけどグリーンピースはいらないだろ」

僕とアユムは声をそろえて猛反論する。グリーンピースなんかと一緒にされたら困る。

「仲よしね」

紫さんが笑う。

「……」思わず、二人とも黙ってしまった。

「いいから食え。嫌いなものは横に外しとけ」

兄貴は言うと、厨房の奥へ消えていった。

紫さんは、僕の代わりにホールを忙しなく動き回っている。エプロンがひらりと舞う。僕がホームセンターで買ってきた安物のエプロンを大事に使ってくれているのが嬉しかった。

「いただきます」

アユムは、スプーンを手にすると豪快にど真ん中を掬った。「おばちゃんは、何も言わなくてもグリーンピース抜いてくれてたんだけどな」とぼやきながら。

「文句言うなら食わなくていいぞ」兄貴の声が飛んでくる。

「食べますよーだ」アユムが口を尖らせる。

あっという間に皿が空になっていく。

「相変わらずの食いっぷりだな」と感心した。見ていて気持ちがいい。

「おまえさ、あのとき櫻井さんと付き合わなかったのは、なんで？」

アユムは、食べ終わるなり訊いてきた。

「はあ？」

「水泳大会のあと、噂になってたよな。櫻井さんがおまえのこと好きらしいって」

「単なる噂だろ」

「おまえ、櫻井さんのこと好きだったくせに」

「……」

確かに、そういう噂はあった。だけど、僕たちが付き合わなかったのは、お互い好きなのに一歩踏み出す勇気がなかったからだ。周りが騒ぎすぎたせいもある。

「櫻井さんって、こないだ病院で会った方よね？」

紫さんが訊いてくる。

「そうです。こいつら、水泳大会のときに……」

「わーわーわー。アユム、デザート食うか？」

僕は、必死にアユムが話すのを阻止する。

「何々？　気になる。彼女も言ってたわよね。プ、い、い、い、プールのときにって。なんだか、ちょっと照れ臭そうに。でも、ほんのり頬を赤らめて嬉しそうに。何があったのか教えてくれない？」

紫さんの記憶力のよさに驚く。櫻井さんは僕と再会したとき、〝プールのときに〟と言葉を濁した。僕と櫻井さんの思い出と言えば、例の水泳大会以外にない。

「いや、おもしろい話じゃないですよ」

紫さんに過去の恋愛話なんて聞かれたくなかった。アユムをここに呼んだことを少し後悔していた。

「二人の学生時代の思い出を聞かせてちょうだい。ナルくんって、けっこう謎が多いのよ。自分の話あんまりしてくれないし」

「そんなことないですよ」もごもごと言い返す。

「ねえ、話して」紫さんは、更に言ってくる。なぜ、僕の昔の話になんて興味があるのだろう。

「じゃ、俺が話すよ――」ゆっくりと、アユムが語りだした。

「――俺たちは、小学生のときスイミングスクールで出会って、そのときからずっとライバル同士だったんだ。陸にいるより水の中にいる方が長いんじゃないかってくらい練習漬けの毎日を送っててさ。一日に何キロも泳がされた。正直、しんどかったけど、ナルがいたから俺も頑張れたんだと思う。大会でも練習でも常にタイムを競ってたよな。俺、本番に弱いっていうか、どうしてもここぞっていう試合だと勝てなくてさ。ナルの背中をずっと追いかけてた。ナルが表彰台の一番高いところで俺は二番ってこともよくあった。きっと、ナルはすごい選手になれるってみんな思ってた。それなのに高校でやめてしまって、正直もったいないなってみんな言ってた。やめる理由もいまいち納得できなかったし」

アユムは、そこまで話すと僕の方をちらりと見て、短いため息をついた。

「うんうん。それで、中学のプールの話は？」

紫さんが急かす。

「あれは、中学三年の春だった。櫻井芽衣子は、転校生としてやってきた。髪が長くて、小柄で色白で、ちょっと大人っぽい顔立ちをした女子の転校生が来たことに男子はとにかく興奮してた。すっげー美人がやってきたと学校中で噂になるくらいの騒ぎでさ。櫻井さんを見るために廊下に行列ができてるんだぜ。そりゃあ、他の女子はおもしろくないよな。そうなったら、もうどうなるかわかるでしょ？」

「仲間外れ？」

「そんな可愛いもんじゃないって。陰湿ないじめだよ」

「……」

「でも、俺は一組、ナルは五組、そして櫻井さんは四組だったこともあってどうすることもできなかったんだ。情けないけど、クラス内で起きていることに他の組の男子が介入することは難しかった。それに、今でこそ、あれはいじめだったんだとわかるけど、当時は女子たちのひがみ、くらいに思ってたし」

「櫻井さん、いつも凛としてててかっこよかったから……」

思わず、口にしていた。紫さんと目が合う。

「そんななか、水泳の授業が始まった。男子はバカだから、女子の水着が見られるのが嬉しくて嬉しくて。誰もが櫻井さんの水着姿を心待ちにしてたんだ。だけど、待てど暮らせど櫻井さんはプールに入らない。いっつも日陰で見学。まあ、女子だからそういうこともあるかと思って待ってたんだけど、二週間経っても三週間経っても、彼女が水泳の授業に出ることはなかった。何か、重い病気でも患ってるのかもなんて噂もあったんだけど、普通の体育の授業は出てたからその可能性は消えた」

「私も水泳の授業は好きじゃなかったな」

紫さんは、櫻井さんの思いに寄り添うように同調する。それは、本当の理由を知らないから。問題は、ここからだ。

「そんなこんなで、水泳大会の時期がやってきた。俺たちは、校内の水泳大会でも競い合ってた。最後の種目にクラス対抗リレーがあって、俺とナルは毎年アンカーになると決めていた。一番盛り上がるし、勝った方が英雄になれるからな。男女二名ずつ選出して出場するっていうルールだったんだけど、これがなかなか決まらない。俺たちみたいに、率先して出たいなんてやつはいないわけ」

「うん。私の学校もそうだった」

「まあ、だいたいクジとかじゃんけんとかで決めることになるんだけどさ……」

「それで、どうなったの？」

「どういうわけか、四組の女子のリレー選手に、櫻井芽衣子の名前が挙がってたんだ。しかも、アンカーとして」

「えっ。それは困るわね」

「しかし、男子は大喜び。やっと櫻井芽衣子の水着姿が見られるって」

「んもう」紫さんが呆れたようにため息をつく。

「まあ、聞いてくださいよ。当日、誰もが櫻井芽衣子の水着姿を一目見ようと張り切ってプールサイドに行った。そりゃあもう全員が言葉を失うというか、見てはいけないものを見たような感じで。手足は細く長く、きめ細やかな白肌に紺色のスクール水着が眩しくて……」

「おいっ」

僕は、思わずつっこんだ。

「正直、俺はあんまりじろじろ見るのは好きじゃない。まあ、最初こそ衝撃があったけど、だんだん見慣れてくるんだよね。ああいう、いい、いいのは」

アユムが僕の顔をちらっと見てきた。

「そういうものかしら」呆れたように紫さんは苦笑する。

「まあ、俺は櫻井芽衣子より、ナルとの勝負の方に意識がいってたからな」

「うん。それからどうなったの？」

「リレーは、ものすごい盛り上がりだった。第二泳者辺りから接戦で、どのクラスが勝つのかって誰もが興奮してた。俺は、何がなんでもこの勝負に勝ちたい、一位でゴールしてやるぞって勢いよく飛び込んだ。アドレナリンが出まくって、今までにないくらいの力が出て泳ぎ切った。感覚で、自分が一番だとわかった。もらったなって、自信満々に顔を上げて驚いた。だって、誰も俺のこと見てなかったんだから」

「どういうこと？」

「あとは、ナルが話せよ」

アユムは、僕にバトンを渡してきた。

「櫻井さんは、クラスの女子に無理やりリレー選手にさせられてたんです。今まで一度も水泳の授業に出てないんだから最後くらい出なさいと言われて。彼女が水泳の授業に出られなかったのは、僕たち男子のせいでもありました。『櫻井芽衣子の水着姿楽しみだよな』って誰かが言ってるのを聞いてしまったらしくて。実は、櫻井さんにはずっと隠しているコンプレックスがあったんです。交通事故による怪我で、足に大きな縫い傷があることを気にしていました。思春期の女の子なら、見られたくないと思うのは仕方がないですよね。たまたま、体育の先生も担任も男の先生だったため、相談することができなかったそうです。もし、ちゃんと相談できてたら、リレーの選手は回避できたかもしれない――」

「一直線に縫われた傷を見たとき、絶句したよ」

アユムが呟くように言った。

櫻井さんがプールサイドで、バスタオルを外す瞬間を思い出す。

「――櫻井さん、リレーの順番を待ってるとき、ずっと震えてたんです。緊張で震えているのとはちょっと違いました。顔色もあまりよくなくて。だから、僕は声をかけなきゃと思ったんです。初めて話すから少し緊張したけど、とてもほっとける状態じゃなかった。『大丈夫?』って訊いたら、顔を横に振って泣きそうな顔で『こわい』って言ったんです。そのとき事情を聞いて、やっと彼女が陰湿ないじめにあっていることを知りました」

「だからって、お手々繋いで一緒にプールを歩くなんて、おまえバカだろ?」

アユムが声を張り上げる。しんみりとした雰囲気を変えようと思ったのだろう。

「え? そんなことしたの?」紫さんが、目を丸くして訊いてくる。

「あ……。えっと、はい」そんなふうに見つめられたら、何か悪いことをしたような気になるじゃないか。

「まるで、ドラマ観てるみたいだったよ」

「僕は、櫻井さんを守るのに必死だったんだって」

アユムがからかうように言ってきたものだから、思わず強めに言い返してしまった。言ったあとで、急に恥ずかしくなった。紫さんの顔が見られない。ああ、早く過ぎ去ってくれと祈りながら天井を見上げた。

「守る？　何ヒーロー気取ってんだよ。そもそも、嫌がる櫻井さんをプールの中に入れる必要あった？　お手々繋いでみんなの注目集めてさぁ。二人仲よくゴール。おかげで俺の一位の瞬間誰も見てなかったんだぞ」

「櫻井さんはクラスの女子に言われてたんだよ。〝ビリになったら罰ゲーム〟って。だから、そいつらにビリじゃないところを見せつけたかったんだ」

「なんだよ。そういうことか。あの微笑みは、〝ほら、ビリじゃないだろ？〟っていう皮肉を込めたものだったのか」

　アユムが、合点がいったとばかりに大きく頷いた。

「そんなことされたら、好きになっちゃうわ」

　紫さんが、ぽつりと漏らす。

「え？　好きになってくれるんすか？」

　つい、正直な思いが口から出てしまった。

「うん。なんか、素敵。中学生のナルくん」

「今は？」

「ふふふ」と拳を鼻の先に当てて笑う。僕は、昔の自分に嫉妬した。

「もし俺だったら、急に腹が痛くなりましたとか適当に理由つけて出ないけどな」

　何気ないアユムのひとことに僕は腹が立った。逃げ癖は一度ついたら治らない。

「〝自分に負けたくなかった〟って櫻井さんは言ってたよ」

僕は、アユムの目を見てゆっくり言った。今、目の前の辛いことから逃げようとしているアユムに届くように。

「嘘つけ。それ、今考えただろ」

アユムは、不貞腐れて僕を見下ろす。

「嘘なもんか。本当に櫻井さんが言ってたんだよ」

彼女は、たくさん悩んでクラス対抗リレーに出ることを決めた。

「でも、いいなあ。私、女子校だったからそういう思い出一つもない」

紫さんは、ぷくっとほっぺを膨らませる。天然なのかあざといのか、微妙なラインがとても可愛らしい。

「で、あのときのことはどうなんだよ。なんで、笑ってたんだ？」

「またその話かよ」

アユムは、高校最後の試合直後の僕の態度がどうしても納得できないらしい。

「俺、おまえに勝つために必死で水泳やってきたんだ。今は、自分のためにやってるつもりだ。だけど、どうしてもあのときのおまえの顔がちらつくんだよ。バカにされてるみたいでさ」

アユムは、昔から小さなことを気にしがちなところがある。見た目とは裏腹に、意外と繊細なのだ。靴の先っちょが少し破れているくらいで落ち込むようなガキだったんだから。

「僕があのとき笑っていたのは……」

言い淀んだ。一生話すつもりなんてなかったのに。ごくりと唾を飲み覚悟を決めた。

「そうでもしないと泣いてしまいそうだったからだよ。本当は、おまえに負けて死ぬほど悔しかった。もう努力や技術だけではどうにもならないんだなと悟った。僕、高校の三年間で身長が一ミリも伸びなかったんだ。見てみろよ、僕とアユムの体格の違い。あはは」

鼻の奥がつんとして、思わず涙が出そうになった。それを隠したくて、わざと最後は笑ってみせた。きっと、いくつになってもあのときの悔しさは残るだろう。せめて、身長があと十センチあればなんて……。

「それが理由だったのか？」

「くだらないだろ？」

ついに、話してしまった。自分のプライドを守るために今まで隠してきたのに。

「ああ、くだらないな。実にくだらない」

アユムは、豪快に笑いながら言った。その笑い方が、嘲笑ではなくてほっとする。

「これで、心置きなく自分の夢に突き進めるわね」

紫さんが、アユムに向かって言う。

「年上もなかなかいいな」

アユムがふざけながら僕の脇腹をつつく。

「じゃ、俺、行くわ」アユムが立ち上がった。

「え？　もう？」

「俺も、自分に負けたくないからな」

アユムは、力強く言い放った。晴れ晴れとした顔でそこに佇んでいる。礼も言わないし、謝罪の言葉もない。だけど、それがアユムらしい。

ちゃんと過去のモヤモヤが解消されて、スッキリしたのだろう。逆に、僕の心はモヤモヤしてしまったけど。できることなら、本当の気持ちをアユムには知られたくなかった。余力を残したまま去ったと思われていたかったのだ。消えた天才、なんて言われたらちょっとかっこいいじゃないか。まあ、それも全て自己満足なんだけど。


アユムを見送ったあと、ホールを見回して驚いた。角のテーブルに、櫻井芽衣子が座っていたからだ。

「いつから、いたの？」

「『〝自分に負けたくなかった〟って櫻井さんは言ってたよ』あたりから……。ごめんなさい。誰も気付かないものだから」

　櫻井さんはこっそり聞いていたことを謝罪すると、垂れたサイドの髪を耳にかけながらきゅっと唇を引き締めた。

「アユムと待ち合わせ？　呼び戻そうか？」

　平静を装っていたけど、内心かなり動揺していた。聞かれたくないことを聞かれてしまった恥ずかしさで胸がぐじゃぐじゃっと掻き乱れた。

「ううん。他の人と待ち合わせ」

　視線は、窓側に置かれた卓上メニューに向けられている。春季限定スイーツを見つめて、「美味しそう」と呟いた。

「ごゆっくり」

　クールに決め込んだつもりだったがうまくいったかどうかはわからない。本当は、誰と待ち合わせなのか訊きたくてしかたなかった。まあ、訊いたところで全然知らない人だろうけど。

　紫さんがすれ違いざまに「デートかな」と囁く。

「……」軽く首を傾げ、カウンターの裏に移動する。

「ナルくん、顔が赤いわよ」

　紫さんが指摘してくる。

「そ、そうですか？」思わず、声が上ずってしまった。呼吸を整え、水を一杯飲んでからホールに戻った。

「もしかして、気になってる？　彼女が誰と待ち合わせしてるか？」

「全然」即答した。紫さんに、動揺していることを悟られたくないと必死だった。

「それにしても、今日はいろんなことがあるわね。ナルくんの青春を覗き見てる感じで楽しいわ」

「僕は、全然楽しくないですよ。思いもよらないことばかりです。アユムを呼び出してハッパかけてやろうと思っていたのに、まさか自分のトップシークレットを暴露させられるなんて想定外もいいところです。それに、この状況なんなんですか……」

僕が言うと、紫さんはカウンター横に置かれていた本を手に取った。彼女のバイブル。それをパラパラと捲る。

気付けば、手がびっしょりと濡れていた。元カノと今カノが鉢合わせしたような気分だ。どっちも付き合ったことはないけど。

「『母親は〝こんな日もあるさ〟と教えてくれたけど、こんなに多いとは聞いていない』byマーフィー」

紫さんが、本を開いてちらりと僕の方を見た。

「ど、どういう意味っすか？」

紫さんは、ふふふといつものように笑った。

五章　謎が多すぎるときほど真実はあっけない

気付けば、店内は満席になっていた。常連客より、新規客の方が多い。以前は若いお客さんが多かったが、ありがたいことに最近は老若男女問わず来てくれる。きっと、ラズリンの効果も大きい。願い事が叶うなんてにわかには信じられないが、一日に何組かはそういったお客様がやってくる。毎日世話をしている僕の願い事をできれば一番に叶えてほしいものだ。

——どうか、紫さんと……。

それにしても噂というのは実態がないのに、ものすごいパワーを持っていることに驚いた。ここ『キッチン・マホロバ』は、ただのカフェなのにいくつもの異名で世間に名を知られていった。〝海辺のブックカフェ〟や〝謎解きカフェ〟が始まりだったような気がする。それが今や〝願い事が叶う猫カフェ〟と変化した。そして今もなお、いろんな噂が出回っている。

最近毎日のようにやってくる年配の男性には、猫の飼い方を教えてほしいと懇願された。

両親にも先立たれ、一人寂しく暮らしていたところ、家に子猫が迷い込んできたらしい。動物を飼った経験がないので教えてほしいということだった。

男性の唯一の楽しみは、ローカルラジオにメッセージを送ることだという。競争率が低いので、高確率でメッセージを読んでもらえるところが彼のツボのようだ。パーソナリティの女性と文通をしている感じで楽しいらしい。ネタも底をつき、何かおもしろいことはないかなぁと思っていたところに子猫が迷い込んできたという。子猫は、毎日小さな幸せを運んできてくれる。男性は、子猫を飼いだしたことで楽しみが増え、心が豊かになったと話してくれた。どこかで、うちの店の噂を聞いたらしい。〝猫についてなんでも教えてくれるカフェ〟があると。

噂ってすごいな。

今夜のオススメは、明太子と筍のペペロンチーノで、筍のしゃきしゃき感に明太子のしょっぱさがよく合う。ガーリックの香りがきいていて、ピリッと舌の上で唐辛子の辛さが弾ける。副菜が菜の花の天ぷらと白和えで、ちょっと和風テイストなところがいつもと違っていていい。菜の花の天ぷらには、抹茶塩をかけて食べる。白和えにはたくさんの野菜が入っていて、食感もおもしろく彩りも鮮やかで五感に訴えてくる。春を感じる一品だ。

櫻井芽衣子は、コーヒーを注文すると、スマホを片手に出て行った。待ち合わせ相手に電話をかけているのだろうか。

紫さんが言うように、デートなのだろうか。いや、それはない。もし僕だったら、同級生が働いている店に、デートでは行かない。いったい誰と待ち合わせをしているのだろう。

そんなことをぼんやり考えていると、背後で名前を呼ばれた。

「おい、成留。さっき、直角さんから、今日は予約時間より少し遅れるって連絡があった」

厨房から兄貴の声がした。

そういえば、今日はまだ直角さんの姿を見ていない。アユムの件でそれどころではなかった。今、角席に座っているのは櫻井芽衣子だ。もし、直角さんがあそこに座っていたら、話を聞かれることもなかったかもしれない。

予約リストに目をやる。『ナオスミ／7時／(いつもの席)』。紫さんの字だ。最初の一文字がやたら大きくて、あとは尻すぼみ。漢字は均整がとれているけど数字とカタカナは苦手。

「何時頃になるって？」

「あと十五分くらいって言ってたけどな」

「どうしよう。満席だよ」

櫻井さんに席を移動してもらうにも、座るところがない。一人ならカウンターでもいいけど、待ち合わせということだからテーブル席がいいだろう。予約している人を待たせるわけにはいかないし、かといって櫻井さんに他と相席をお願いするのも申しわけない。あと十五分以内にこの中の誰かが帰れば席は空くけれど、客層を見てそれは難しそうだなと思った。ほとんどが女性のグループで、デザートと一緒にゆっくりお喋りを楽しもうという雰囲気がある。すぐには帰りそうにない。どうしたものかと考えあぐねていると、櫻井さんが戻ってきた。

「あの、櫻井さん。待ち合わせの方は？」

「ちょっと遅れるみたいなの」

「そっか」

「ごめんね。人気店だとは聞いてたけど、まさかこんなに混んでいるなんて。でも、ちゃんと予約はしてるはずなの」

「ん？　予約？　いや、櫻井さんの名前では予約は受けてないけど」

「ううん。あたしじゃなくて、相手がしてるはずなの」

相手、という言い方が気になった。仕事関係だったら先方と言うだろうし、友達だったら友達というだろう。彼氏の場合は〝相手〟と言うだろうか。

「誰と待ち合わせしてるの？」

「んーとね、なんといったらいいか……」

櫻井さんは、首を傾げながら苦笑した。表情や仕草からはよくわからない。彼氏だったら彼氏だと即答しそうなものなのに。まさか、僕に気を遣っているわけではないだろう。

「初めて会う人なの。直角《なおすみ》という名前で予約してるはずなんだけど」

「え？　直角さんと？」

驚きつつも、さっき兄貴が言っていたことを思い出す。まさか、遅れている人物が同一人物とは思わなかった。そうか、と安堵する。これで、席の心配はなくなった。

しかし、なぜ直角さんと櫻井さんが待ち合わせをしているのかがわからない。初対面ということらしいが、いったいどういう関係なんだろう。

「実は、足長さんにお願いされたの。彼とデートしてほしいって」

ますます、わけがわからない。

「どういうこと？」

「足長さんと直角さんは、たぶん、ＳＮＳで知り合ったんじゃないかな。ひょんなことから出会った友人同士って言ってたから。年齢も職業も全然違うしね。直角さんが足長さんに恋愛相談を持ちかけたことがきっかけで仲よくなったらしいの」

「へ？　恋愛相談？」

僕は、声が裏返るほど驚いた。足長さんのイメージと、恋愛やＳＮＳというものが全く結びつかなかった。

「あ、その恋愛相談の相手はあたしじゃないわよ」

櫻井さんは、顔の前でぶんぶん手を振って否定する。

「どういうこと？　もうわけがわからなくて混乱しそうだよ」

頭を抱えるような仕草で大袈裟に言ってみる。

「明日、意中の女性とここでデートをするんだって。あたしは、その予行演習に付き合ってほしいって頼まれただけ」

へぇ、と間抜けな声が出た。全然納得なんかしていない。

「デートのリハーサルってこと？」

「そうそう――」

デートで使う場所を事前にリサーチすることはままある。（僕は、やったことないけど）ちょっと気の利いた男なら、それくらいやるだろう。だけど、ふつうは食事処《どころ》の口コミをチェックする程度ではないのか。わざわざ現地に、それも一日ではなく何週間も通うなんてちょっとおかしい。店の雰囲気や料理の味をチェックするだけなら一回で十分だと思う。

「――あたしも、このお店気になってたからちょうどよかった」

櫻井さんは、昔のクールで凛とした雰囲気はすっかりなくなっていた。今は、ショートカットがよく似合う元気なギャルという感じ。肌もほどよく焼けていて、目の下には薄いそばかすがぽつぽつとある。

「ってことは、直角さんの顔とかも知らないんだよね？」

「うん」

「足長さんとちょっ……ナオスミさんは、面識あるのかな？」

「さあ」櫻井さんは、眉をひそめて苦笑した。

謎は深まるばかりだ。

こないだの『じゃ、気にして見てくれ』という意味深発言と何か関係があるのは間違いなさそうだ。直角さんと櫻井さんと足長さん。彼らの関係が全く見えてこない。年齢や見た目からくる先入観だけど、うまく繋がらない。たとえ三人で一つのテーブルに座っていても、違和感を覚えるだろう。それくらい、みんながみんな違う。ロマンスグレーの優雅な紳士と、強面中年男性と、ボーイッシュなお嬢さん。

「足長さんと櫻井さんは、病院でよく話すの？」

「よくってほどでもないけど」

櫻井さんはあっけらかんとした口調で答える。彼女は、単にここへ行くように言われただけなのかもしれない。病院でよく会う老人にお願いされた、その程度に捉えていそうな感じだ。直角さんが毎回予約してここへ通っていたことは知らないのだろう。

「ねえ、ナルくん。こっち手伝って」

紫さんに呼び戻される。

「すみません。つい、話し込んじゃって」

「もう、忙しかったんだから」と紫さんがほっぺたをふくらませる。

「すみませんすみません」と僕は平謝り。

見回すと、櫻井さん以外のテーブルに飲み物とデザートが置かれていた。兄貴は、コーヒーのフィルターを替えながらあくびをかみ殺していた。

「何、話したの？」紫さんが訊いてくる。

「櫻井さんの待ち合わせの相手が直角さんだっていうんですよ。しかも、それを足長さんが――」

手短に事の詳細を伝える。

「えー。いったいどういうこと？」

紫さんが目を大きく見開いて不思議そうに訊く。この状況がいまいち理解できないという感じだ。同じく、僕もよくわかっていない。足長さんの謎は深まるばかりだ。あの人は、いったい何者で何をしようとしているのか。母ちゃんは、完全に信頼しきっているけど、大丈夫なのだろうか。この歳でさすがに母親の再婚に反対はしないけれど、身元のちゃんとした人が望ましい。できれば、この先母ちゃんを幸せにしてくれる人がいい。

「なんか、すごい展開になってきましたよ。これ、どうなるんですかね」

「ステイよステイ。こういうときは、黙って見守るのが一番」

紫さんが言う。足長さんの言葉が脳裏を過った。『気にして見てくれ』と言われた通りに直角さんを見る。そして、その向かいに座っている櫻井芽衣子も。

しばらく無言で角の席を見つめていると、櫻井さんと目が合った。にこっと白い歯を見せてくる。照れ臭いのを隠したくて視線を彷徨《さまよ》わせると、今度は紫さんと目が合った。変な汗をかいているところへ兄貴がやってきた。

「どうだ？　なんか変わったことないか？」

「聞いてなかったのかよ」

「聞いてたよ。最初からぜーんぶ聞いてた。おまえが水泳をやめた理由も知れたし、可愛い女の子には昔から優しいってこともわかった」

茶化すように言ってくる。

「べつに、可愛いから優しくしたわけじゃねーよ」

「ふーん」

なぜか、紫さんが不機嫌な口調でこっちを見る。

「え？　なんすか？」

「ははは。いいなぁ若いって」

兄貴が腰に手を当て、ストレッチをしながら言った。

シャランという音とともに、マーフィーと直角さんが入ってきた。櫻井さんに、アイコンタクトで教える。はっと気付いた彼女が席を立って、会釈をするが、直角さんは見事にスルーした。あの距離で気付かないはずないのに。

初対面だから仕方ないのかな、と思い直して直角さんに席を促す。

「お連れ様、いらっしゃってますよ」

「こんばんは。はじめまして」

櫻井さんが丁寧に挨拶をすると、はっとしたように直角さんが顔をぴくっと震わせた。緊張しているのかもしれない。

「すみません。遅れてしまいまして」

ぎこちない挨拶が交わされているのを横目に、さっとメニューと水をテーブルに置いた。

「グラタンをお願いします」

もう何度このセリフを聞いたことか。よっぽど、うちのグラタンが気にいっているのだろうと思っていたけど、全てはデートのためだったのか。

そういえば、僕が初めて彼女をここに連れてきたときもグラタンを食べた。初デートのときはグラタンが一番いいと、兄貴から勧められた。ナイフとフォークを駆使して食べる料理は、お互い緊張して会話も食事も進まないという理由だった。

「あ、すみません。自分ばかり。もう、何か召し上がりましたか？」

「いえ。コーヒーだけ」

「あ、じゃあ何か注文を」

直角さんは、遅れたことを取り戻そうとしているのか、いつもより落ち着きがなかった。本番じゃなくても、デートというのは緊張するのだろう。ポケットからハンカチを取り出して汗を拭くと、短く息を吐いた。

「あたしは、この〝幸せのふわふわ焼きカレー〟がいいな。オススメって書いてあるし」

お子様ランチを頼む子供のような無邪気さで櫻井さんは僕を見上げた。綺麗なアーモンド形の目で見つめられて、ドキッとした。

「かしこまりました。少々お待ちください」

急いで踵を返した。

オーダーを伝えている間も、二人の会話が気になっていた。耳を澄まして、彼女の声を拾う。

「今日、お仕事はお休みですか?」

櫻井さんが訊く。

「はい」直角さんの声は小さくて聞こえないけど、仕草からそう答えているだろうと推測した。

「あたしは、今日、深夜勤で。これから仕事なんです」

「すみません。お忙しいのに」ぺこりと頭を下げる。声は聞こえないので唇の動きで読み取る。

「いえいえ。そういう意味で言ったわけではありません」

櫻井さんが恐縮している。細身のジーンズに白いロンTというシンプルな服装が彼女のボーイッシュな雰囲気によく似合っていた。中学時代は清楚《せいそ》なお嬢様という感じだったから、今の姿はちょっと見慣れない。

八時を過ぎると、お客さんが入れ替わる。夜にお茶をしにくるカップルや小腹を満たしに来る常連客で席が埋まる。

二人のやりとりを目の端でちらちらと確認しながら、手早く皿を片付けていく。食洗器のおかげで、皿洗い地獄から抜け出せた。これも、足長さんのおかげだ。

「なんだか、面接みたいじゃない？　あの二人」

紫さんが直角さんと櫻井さんを見て指摘する。直角さんは、櫻井さんの質問に「はい、はい」と頷くばかり。この調子だと、明日も同じことになりそうで心配だ。今まで入念にデートのリハーサルをしていたとはいえ、女性と実際に話すのは今日が初めてなわけだから仕方ないと言えばそれまでだけど。コミュニケーション能力は、一日やそこらで養えるものじゃない。場数を踏んで、落ち着いた雰囲気や巧みな話術というものが生まれる。そこまでは求めていないにしても、明日、ちゃんと意中の女性を楽しませられるかどうかに勝負がかかっている。

なんだか、僕までもそわそわしてきた。せっかくうちの店を選んできてくれたんだから、絶対に成功してほしい。成功の定義がいまいちわからないけど、少なくとも足長さんの望むゴールを決めてほしい。

「まあ、初対面だからあんなもんじゃないか？」

厨房から兄貴の声がした。

「それにしても、足長さんの謎は深まるな。いったい、何者なんだろう？」

僕は、右に左に小首を傾げた。隣の紫さんも「うーん」と唸って首を捻る。

「『謎が多すぎるときほど真実はあっけない』」

言うや否や、兄貴は「ははは」といつもの乾いた笑いで言葉を打ち消そうとした。

「それも、マーフィーの法則？」

「いや、今俺が考えた」

兄貴はよく、マーフィーの法則っぽいオリジナル格言をぶっこんでくる。それが、本当にありそうな感じがするから一瞬はっとなる。

「兄貴は、足長さんの謎について、察しがついてるの？」

「いや。でも、あの人は根っからの善人だと思うよ」

「そうかな。そういう人に限ってというパターンもあるよ」

いつものように、僕たちの推理が始まる。

「人は、無意識に損得勘定で動いてる。だけど、足長さんの行動はどう考えても損はしても得はしない。マホロバ再建の費用をまかなったり、毎日のように母ちゃんの見舞いに訪れたり、SNSで知り合った人の恋愛相談に乗ったり。時間と金と労力を自分以外のことに使いすぎている。全てにおいて余裕がある人間のやることだ」

「つまり、足長さんは本当の〝あしながおじさん〟ということ？」

「正体を現してるから、あしながおじさんにはならないだろ」

「そっか」

「まあ、こうしてても埒《らち》が明かないから、本人を呼び出して訊くしかないかもな」

兄貴の提案はもっともだ。今は、情報が少なすぎて推理のしようがない。

「そうしよう。兄貴、連絡してみてよ」

「待って。その必要はないわ」結論を急ぐ僕たちを紫さんが止めた。

「たぶん、ご自分からここにいらっしゃると思うわ」

「どうしてそう思うんですか？」

「だって、こないだ直角さんのことを気にして見てくれって仰ってたじゃない。わざわざ伝えてくるくらいだもの。その結果を確かめにこられると思うの」

「なるほど」

「きっと、今日来るはずよ。もしくは、電話がかかってくる。だって、直角さんは明日デートなんだもん。明日のデートを成功させるために、櫻井さんに予行演習まで頼んでるのよ。赤の他人のためにそこまでする人よ。必ず、動きがあるわ」

紫さんは自信満々に言った。

「さすが紫ちゃん。鋭いな。じゃ、こっちから連絡するのはやめておくよ」

兄貴は、この状況を楽しんでいるかのような口ぶりだった。笑みを浮かべたまま、厨房へ入って行く。

「ナルくん、男の人ってそこまで完璧にデートをリハーサルしたがるものなの？」

紫さんは、てきぱきと接客をこなしながら、合間に質問を投げてくる。

「いや、僕は、なりゆきまかせって感じですね。まあ、どこに行こうかってくらいはリサーチしますけど。でも、待ち合わせの何週間も前からお店に予約して通い詰めてなんてことはしません。ましてや、見知らぬ女の人に予行演習をお願いするなんてありえません」

自分をよく見せるためにちょっとだけ嘘をついた。

「そうよね。私も、そこまで完璧にセッティングされると緊張しちゃうわ」

「あ、でも、そういう緊張してる姿を見せないための演習なんじゃないですかね？　全てをスマートに進めたいから、完璧な準備が必要だった」

僕は、思いついた推理を口にする。

「そっかぁ。でも、あの様子じゃねぇ。ただ質問に答えてるだけだもの。でも、櫻井さんは当事者じゃないのよね。足長さんに頼まれたから、ああやって積極的に話しかけてるんでしょう？　明日ここへ来る女性がものすごく大人しい人だったらどうするのかしら？」

「うーん。何か、僕らにアシストできないかな。直角さんの恋、うまくいってほしいな」

「もう少し、直角さんの方からリードしないとね」

紫さんが心配そうに角席を見つめる。そこで、女性は男性にリードしてほしいものなのか、と軽い衝撃を受けた。僕は今まで、相手に選ばせて自分は常に受け身の態勢でいた。その方が楽だし相手だって喜んでくれるだろうと思っていた。きっと、そういう優柔不断で男らしくないところがダメだったんだろう。ある日突然別れを切り出されることがほとんどだった。

「じゃ、ちょっと訊いてきますよ。明日、僕たちが何かお手伝いできることはないか」

「待て」

兄貴が止めた。

「足長さんは、直角さんのことを気にして見てくれとは言ったけど、手を貸してあげてほしいとは言ってない。俺たちが介入しない方がいいんじゃないか？」

「そうかな。手を貸してとお願いするのは申しわけないから、気にして見てほしいって控えめに言ったんじゃないかな。そしたら、僕たちが何か行動を起こすと期待して」

「ああ、それだ。私も会社で上司に言われたことがあるわ。一言って、十わかる人間になれって。足長さんは、私たちに彼のサポートをお願いしたかったのよ」

紫さんが僕の考えに同調する。

「ですよね。さりげないサポートで、直角さんの恋を応援してほしいってことなんすよ」

「とりあえず、もう少し見守りましょう」

紫さんは顔をぱあっと明るくした。その笑顔がとても素敵で可愛くて、僕の胸はきゅんとした。兄貴の言うように、幸せは連鎖していくものなんだろう。それがいつか世界平和に繋がれば、そんな素晴らしいことはない。誰かのために、なんてちょっと偉そうだけど、せめてこの店を訪れた人にはみんな幸せな気持ちで帰ってほしい。そんなことを思いながら、ぼんやりと、紫さんの笑顔を視線で追いかけていた。

直角さんが右手を上げている。紫さんは、他のテーブルのお客様と話していて気付かない。僕は、角席へ急いだ。

「はい」テーブルの横に立つ。

「デザートを二つお願いします」

直角さんがお辞儀をしながら言った。

「いつものでよろしいですか？」

「はい。お願いします」

「待って」

僕が踵を返そうとしたら、櫻井さんに止められてしまった。

「いつものって何？」

「こちらの、苺のババロアになります」

「あー、それも美味しそうなんだけど、あたしはこっちの桃とチョコのやつがいいな。見た目も可愛いし、色々な味が楽しめそう」

櫻井さんは、春季限定のデザートプレートを指した。

「では、別々のものを用意しましょうか」

僕が提案すると、直角さんの眉間がわずかに動いた。完璧なデートを演出したかったのに、という不満の表情ともとれる。僕が「いつものでよろしいですか？」なんて言ったからだろう。お客様が自ら注文するのを待たなければいけなかった。自分の配慮の足りなさを反省した。

「うん。それがいいわ。ね？」

櫻井さんが直角さんに笑いかけるが、直角さんは何も反応しない。櫻井さんの顔が一瞬曇るのがわかった。初対面だからなのか、直角さんに好意がないからなのか、櫻井さんとはまるでかみあっていない。目を合わせようとすらしないのだから。

この作戦は、失敗だったのではないだろうか。一か八か、ぶっつけ本番で明日のデートに挑んだ方が高揚感もあってよかったような気がする。今日のデートのリハーサルでうまくいかなかったという事実を家に持ち帰ってしまったら、明日のデート本番に響くのではないか。僕なら、自信をなくしてしまうだろう。

兄貴にデザートをお願いして作ってもらう間、二人を観察し続けた。直角さんは、慣れてきたのか、自分から話を振りはじめた。ほっと胸を撫でおろす。

「さあ、できたぞ」

兄貴ができあがった皿をカウンターに置く。苺のババロアには、ホワイトチョコにデコペンでメッセージが書かれていた。

〝GOOD　LUCK〟

ふだん、そんなサービスはやっていない。兄貴なりのエールだろう。粋なことしてくれるなぁと関心した。ホワイトチョコのプレートが小さいせいか、かろうじて読めるレベルだ。それに、兄貴の唯一の欠点といえば字が汚いこと。直角さんは、このメッセージに気付いてくれるだろうか。

そっと、皿をテーブルに置く。お辞儀をして去ろうとした瞬間、テーブルの違和感に気付いた。直角さんは、右手にフォークを握っている。

「あー、すみません」すぐさま謝ってセッティングし直す。

二人のシルバーが逆になっていたのだ。どうやら、紫さんが置き間違えたらしい。単純なミスだったので二人も何も言ってはこなかった。ほっと、胸を撫でおろす。こちらのミスでデートが台無しになるなんて絶対にあってはいけない。慎重に、丁寧に、親切に、と唱える。

直角さんは、スプーンに持ち直すと、苺のババロアを掬って口に入れた。兄貴がサービスで置いたホワイトチョコのプレートには一切気付かず食べ進める。櫻井さんは、フォークでルビーチョコのケーキを刺して皿の周りにあしらわれた桃のソースをつけると口に入れた。たちまち二人は笑顔になる。視線は別々の方向を向いている。

そのとき、以前にも似たようなことがあったのを思い出した。直角さんは、もしかしたら……。脳裏に、一つの可能性が過った。

デザートを食べ終えた二人は、和やかな雰囲気で帰っていった。扉の向こうでどんな言葉が交わされているかはわからないけれど、きっと直角さんはいつもみたいに腰を九十度に曲げてお礼を言っているだろう。

紫さんの予言通り、足長さんは現れた。

「こんばんは。さきほど、直角さんと櫻井さん帰られましたよ」

僕の言葉の中には、状況は全て呑み込めてますよ、という意味を込めていた。

「うん。報告はそれぞれ受けたよ」

「二人は、何か言ってましたか？」

「直角くんは、明日のことを心配してたよ」

やっぱりそうか。

「あの、訊いてもいいですか？」

「何かな」

かぶっていたハンチング帽を膝の上に置いた。

「直角さんが、ここへ足しげく通っていらっしゃった理由はなんですか？」

僕は、ある可能性を確かめたくて訊いた。

「事情は、櫻井さんの方から聞いたんじゃないのかい？」

「聞きました。明日、彼がここで意中の女性とデートをすると。しかし、僕が訊きたいのは、なぜ彼はこの店に毎日のように通ってらっしゃったのかということです。そこまでしなければいけない理由が彼にはあったのかなと」

「ほう。ナルくん、君は彼の秘密に気付いたんだね？」

「はい。でも、足長さんに気にして見てくれと言われなかったら、たぶん気付かないままだったと思います」

「……気にして、見る？」足長さんは、首を傾げる。

「言いましたよね。気にして見てくれと」

「ああ。あれは、そういう意味じゃない。君たちは気にしなくていいって言ったのに、気になるって言うから、じゃあ気にしてみてと言っただけだよ」

病院の駐車場での会話を思い出す。


『いやいや、君たちは気にしなくていいんだ』

『そんなこと言われたら、逆に気になりますよ』

『じゃ、気にしてみてくれ』


頭の中で整理する。そうか、と兄貴が苦笑する。

「〝気にして、見て〟と〝気にしてみて〟の違いか。〝〜してみる〟の〝みる〟で、補助動詞の方か。食べてみて、やってみて、行ってみての〝みて〟と一緒」

兄貴の国語のような解説に、僕と紫さんが「ああ」と間抜けな声で頷いた。

「なんだ、じゃ、直角さんのこと観察する必要なんてなかったんだ」

僕は、自分の勘違いに笑ってしまう。

「で、直角さんの秘密ってなんなの？　ナルくん、気付いたんでしょ？」

紫さんが訊いてくる。兄貴は、気付いていただろうか。

「直角さんは、おそらく視覚に障害をお持ちだと思われます。それも、ほとんど見えていないくらいの」

「ウソ。全然気付かなかったわ」

「毎回予約して同じ席に座り、同じメニューを頼んでいたのは、全て明日のデートのため。直角さんがいつも注文するのはグラタン。デザートは苺のババロア。どちらも、食べやすいという利点がある。何度も通っていたのは、ここへ来るまでの道を覚えるためだったり、店の様子を把握するためだったんだと思います。入口から一番近い角の席まで何歩で行けるか、店員は何人か、何時ぐらいが店は混むのか、客層は……。それらを知るために、ここへ通っていたんじゃないでしょうか」

紫さんがシルバーを間違って置いたとき、足長さんは全く気付いていなかった。一度ならともかく二度も。そのときに覚えた違和感と、彼を観察して気付いたことから推理して言った。彼が使っていたスマホもちょっと使い方が変わっていた。いつも、画面は真っ暗なままで使っていたし、たまに変な機械音がしていた。ステレオが壊れたような音は、おそらくVoiceOverという画面読み上げ機能が作動していたからだと考えられる。お変な音に感じてしまたのは、読み上げるスピードが速かったせいだろう。彼らはとても耳がいい。

「さすがだな。謎解きカフェと呼ばれるだけあるな」

足長さんが関心して目を細める。

「お二人はＳＮＳで知り合ったらしいと聞きましたけど、本当ですか？」

「そのとおりだよ。あるコミュニティで繋がった人たちが集まってくるネット上のグループがあってね、そこに彼がいた。明日、彼とデートをする女性ともそこで知り合った。直角くんに、訊かれたんだ。初めての待ち合わせなので色々教えてくださいと――」

ＳＮＳが苦手な人にはわかりにくいかもしれないが、ダイレクトメッセージといって直接メッセージを送り合う機能がある。一対一はもちろんのこと、グループでも可能だ。

直角さんのように目が見えない人でも慣れればスマホは使える。ＬＩＮＥでメッセージを送ることだってＡｍａｚｏｎで買い物をすることだってできる。

「どうして、彼女に目が見えないことを隠す必要があるんですか？」

紫さんが訊いた。

「初めてのデートで、目が見えないことを告白したら、ずっと目の話ばかりになってしまうのを彼は心配していたんだ。できれば、楽しい話をしたいと」

足長さんの説明を聞いて、なるほどと深く共感した。

「僕たちは、明日、どうすればいいんですか？　何か、サポートした方がいいんでしょうか？」

「今までどおりでかまわないよ」

「なんだ。てっきり、足長さんが僕たちに遠慮してるのかと思ってましたよ」

「君たちは、こちらからお願いしなくても、普段どおりで十分なもてなしをしてくれると信じているよ」

ずいぶん、高く評価されちゃったな。つい、顔がにやけてしまう。

「櫻井さんは、彼の目が見えないこと知ってたんですか？」紫さんが訊いた。

「いや、知らないと思う。直角くんが女件と何を話していいかわからないって言うから、櫻井さんにお願いしたんだ。ナルくんと同級生だというし、何かの縁かなと思って」

余計なことしてくれたな、と責めたい気持ちを胸の奥に押し込んだ。

「足長さんがそこまで彼に親切なのは、どうしてですか？」

「わたしはね、待ち合わせに失敗して、人生をこじらせてしまった男なんだ」

眉間の皺がぎゅっと濃くなる。あからさまに、あなたはなぜ未婚なんですか？　なんて訊くわけにもいかないし、自ら話してくれるのが一番いい。

「待ち合わせかぁ」

兄貴がぽつりと呟いた。

足長さんは、テーブルの上で両手をクロスさせ、記憶をゆっくり辿るように話し始めた。

「君たちも気になっていただろう。わたしがいったい何者なのか。怪しいよな。突然現れた、金持ちの未婚のじいさんなんて。わたしが今、お金と時間に余裕があるのは、これまでがむしゃらに働いてきたからだ。元々、貧しい家庭の出であることは、今回は割愛させてもらうよ。

昔、結婚を考えている女性がいた。わたしの経歴や家柄が気に入らないということで、向こうの親に反対されていてね。今の人にはピンと来ないかもしれないけど、彼女には許嫁《いいなずけ》がいたんだ。身分の差っていうのかな、当時、わたしも若かったからね、情熱さえあればどうにか乗り越えられると思っていたけど、どうにもならなかった。それで、二人でかけおちしようと決めた。だけど、彼女は待ち合わせの場所には来なかった。わたしは、ずっと待っていたのに。

今から、四十年も前の話だよ。携帯電話もなかったし、家の電話も取り次いでもらえないとなるともう連絡の取りようがない。彼女が待ち合わせの場所に来なかった理由さえ知ることができない。それからしばらくして、彼女が許嫁と結婚したことを噂で聞いた。なぜ、彼女は来てくれなかったのか、なぜ他の男と結婚してしまったのか、毎日そればかりを考えて過ごした。

当時、引きこもりという言葉があったかはさだかではないが、部屋に引きこもってしまってね。あのときのわたしはひどく荒れていて、両親に当たり散らしていた。そうなったら、家族がダメになるまで時間はかからなかった。母親は、わたし以上にふさぎ込んでしまうし、父親は働かずに酒浸りの毎日。このままではいけない、と気付くまでに数年かかった。

それからというもの、待ち合わせという言葉に敏感に反応してしまうようになってね。直角くんのために、何かできないかなと考えたんだ」

今では考えられない状況に少し驚いた。しかし、四十年前はそういうことが起こってもおかしくなかったのだろう。昔のドラマを観ると、突然いなくなった人を捜すために当《あ》てもなく街中を歩き回るシーンがある。そんなの見つかるわけないじゃないか、と思うけどドラマの中だから見つかる。現実的に考えると、足長さんのようなパターンの方が自然なことに思えた。

「どうして、彼女は来なかったのかしら？」

沈黙を破ったのは紫さんだった。僕や兄貴よりも、紫さんの方が足長さんの気持ちがわかるだろう。思い合っていた恋人とハッピーエンドを迎えられなかったという点では同じだ。

「かけおちすることに、彼女は同意してたんですよね？」

兄貴が訊く。こめかみをトントントンと叩きながら。

「もちろんだよ」

「行先などは決めてたんですか？」

「北の方に行こうと話していた。寝台列車に乗って行こうとね」

「彼女にはちゃんとかけおちの日時や場所を伝えたんですよね？」

「ああ」

「どのような方法で伝えたんですか？」

「電話で伝えた」

「電話で、か」兄貴は、くっと眉間に皺を寄せる。何か、問題でもあるのだろうか。

「ちゃんと伝えたよ。何度もくり返した。だけど、彼女は来なかった。途中で、事故にでもあったんじゃないかと心配したけど、後に彼女が結婚したということだからその可能性は低い。どうして来てくれなかったのか、それがわからないことが心残りだ」

「もう少し詳しく教えてください。二人でどんなやりとりをしたのか」

兄貴が言う。何かをつかもうとしている顔だ。彼女が待ち合わせに来なかった理由を推理しようとしている。だけど、そんなこと、わかるわけがないだろう。だって、本人がここにいないんだから確かめようがない。

「いつも彼女の方から電話をかけてきてくれてたんだ。わたしが彼女の家にかけても、つないでもらえないから、彼女からわたしの家にかけてくるのが日課だった。デートは、もっぱらわたしの車でドライブと決まっていた。彼女の家の近くの廃工場に迎えに行って、帰りもそこで別れた。とにかく厳しい両親で、交際を反対されてたから見つからないようにデートしなきゃならなかった。

あるとき、そんな状況に嫌気がさした。もっと自由になれる場所はないかと。かけおちをしようと言い出したのはわたしだ。彼女も、同意してくれた。必ず幸せになろうと誓った。いつもの場所で待ってると伝えた。いつもの場所というのは、よくデートで使っていた駅前の喫茶店のことだ。

待ち合わせ当日、朝から大雨が降っていた。まさにわたしたちを邪魔するように。彼女から『両親がいるから荷物を持って外に出られない』と泣いて電話がかかってきた。私は、体一つでいいから隙を見て出てくるように伝えた。そして、〝来るまで待ってる。必ず待ってる〟ということを伝えた。だけど、どんなに待っても彼女は現れなかった」

大きなため息とともに、足長さんは想いを吐き出した。

「ふむふむふむ。なるほどね」

兄貴はこめかみに当てていた指をピンと天井に向けた。何かわかったというのか。

「おそらく、彼女も足長さんと同じ気持ちでいると思いますよ」

「どういうこと?」僕と紫さんの声が重なった。

「彼女も待ち合わせ場所に向かったんです。だけど、足長さんがいなかった。どんなに待ってもあなたは現れない。見捨てられたと思った彼女は、家に帰るしかなかった」

「何言ってるの?　待ち合わせ場所に、彼女は来なかったんだよ」

足長さんは、わけがわからず困惑の表情で言い返す。

「ちゃんと説明してよ」僕は言う。

「電話だから、二人にすれ違いが生じてしまったんだ。いいかい。よく聞いてくれ。想像してほしい。俺が朝、洗濯機の前で『パンツ食った？』と訊いたら、なんと答える？」

兄貴は、突然クイズを出してくる。足長さんの待ち合わせの話はどこへいった。

「食ってないって答えるよ」変な質問だけど。

「じゃ、紫ちゃんならどう？」

「作ってないと答えるわ」

「どういうことか、わかったか？」

ん？　なぜ、紫さんは作ってないと答えたんだ？　パンツクッタ？

「ああ。同じ仮名の並びだけど、句点の付け方で意味がかわるっていう。〝パンツ、食った？〟と〝パン、作った？〟の違いだ」

「そう。人は状況や立場によって相手の言ったことを解釈する」

兄貴の出したクイズでようやく謎が解けた。

「そうか。足長さんは〝来るまで待ってる〟と伝えた。だけど、彼女は〝車で待ってる〟と言ったと勘違いしたんだ。きっと、彼女は気が動転していた。家を抜け出すのに必死だったから。緊急事態。しかも大雨。こんなとき、彼ならいつものところに車で迎えに来てくれてるはず。そう考えてしまったのか」

僕は捲し立てる。

「それで、二人はすれ違ってしまったのね」紫さんが唇をきゅっと噛む。

「そんな……」

足長さんは、顔を強張らせて絶句した。あまりにも間抜けな結末だ。今の時代では絶対に起こらないだろう。たとえ、そんな行き違いがあったとしても、スマホで居場所を確認できる。アナログ時代だからこそ起こった悲劇だ。

兄貴の格言が甦る。

『謎が多すぎるときほど真実はあっけない』

本当にその通りになってしまった。

「たったそれだけのことだったのかもな。こんなにこじらせてしまうなんて、バカみたいだ。ダサいなぁ」

足長さんが、なんとも言えない顔でうつむいた。

「私にはわかります。大好きな人と突然会えなくなったときの辛さ」

紫さんが優しく言う。きっと、僕や兄貴が気休めの言葉をかけるより、いくらかマシだろう。

「ありがとう。でも、あの別れがあったから、わたしは生まれ変わることができた。全てを一からやり直せたんだ。迷惑をかけた両親にも恩返しができたし、人にも優しくなれた。

これでよかったんだ」

　足長さんは、自分自身に言い聞かせるように言った。

「母ちゃんのことはどう思ってるんですか？」

　僕が訊いた。

「元々、わたしは、ここの客だったんだ。もう何年も前だけどね。マホロバの大ファンなんだよ。足しげく通ったな」

「そういうことを訊いてるのではなくて、今の関係というか」

「大切な人だよ。これで、いいかな？」

「もう、彼女のことはいいんですか？」

「ああ。だって、もう四十年も前の話だからね。未だに、しこりは残ってるけど、彼女のことはもう。今は、玲子《れいこ》さんが元気になってくれることの方が大事だ」

　母ちゃんのことを玲子さんなんて呼ぶ人は少ない。お客さんは、みんなおかみさんと呼んでいた。

「結婚とか考えてるんですか？」

「そういうのもいいな。君たちがよければ」

「僕たちはもういい歳ですから、母親の再婚に口出しなんてしませんよ」

「母のこと、どうかよろしくお願いします」

兄貴が頭を下げたので、僕もそれに倣った。

真実は、いつも残酷だ。だけど、次の一歩に繋がるのなら、それを知るのも悪くないなと思った。


翌日のディナータイム、直角さんは爽やかな出で立ちで現れた。薄いスクエア型のサングラスに、ブルゾンを羽織り、糊《のり》のきいたシャツを着ていた。細身のパンツをさらりと着こなし、スタイリッシュな大人の男性という雰囲気を醸し出している。どうやら、櫻井さんが見立ててくれたらしい。深夜勤明けにもかかわらず、直角さんの買い物に同行してくれたそうだ。

約束の時間より早く来た直角さんは、緊張を紛らわすために僕たちと談笑する。彼の待ち合わせの相手は、時間通りにやってきた。ふくよかで笑顔が素敵な女性だった。言葉を濁したけれど、はっきり言うと女性は巨乳だった。男なら誰もが見とれてしまうような胸元。

リハーサル通り、角の席に二人は対面で座った。緊張しているのは直角さんだけではない。まるで、自分がデートをしているような気持ちで二人を見守る。いつもより、水を注ぐ回数が多いのは許してくれ。

「本日のオススメは、シーフードグラタンとなっております」

いつも以上のサービスで、今日は参ります。僕は、紫さんと何度も目配せしあう。絶対に、テーブルセッティングを間違えないようにしないといけない。彼のこれまでの苦労が水の泡となってしまわないように。

「いい香りですね。素敵な声ですね」

直角さんは、とにかく相手の女性を褒めまくっていた。

もしかしたら、櫻井さんに伝授されたのかもしれない。

何気なく「優しいなあ」と呟いたら、紫さんと目が合った。

最終章　父親とは娘の恋人がどんな相手であっても気に入らない

ゴールデンウィーク最終日。今日も忙しくなるだろうと張り切って朝食の準備をしていた。今朝は、即席クロックマダムを作る。まず、水で少しだけ溶いたコーンポタージュの素をパンに塗る。その上に、ハムととろけるチーズを載せてトースターで焼く。その間に目玉焼きを作って、焼けたパンに載っけたらできあがり。お手軽なのにちょっと高級感があって最高だ。パンのお供は、コーヒーもいいけど、お子ちゃまな僕はほんのり甘いホットミルクが好き。

テレビを点けると、昨日のUターンラッシュの映像が流れた。また、今年もどこにも行かなかったな、としんみりしていると兄貴が起きてきた。

リモコンを手にするとすぐにザッピングを始めた。世の中で起こっていることを把握するには、朝の情報番組が一番いいらしい。流行からゴシップ、政治に事件まで一気に知ることができるのでお手軽だと言う。僕はそんなに一度に情報を頭に詰め込めないけれど。

「この事件、まだ解決してなかったのかよ。とっとと、捕まえてくれよ」

兄貴は、九州《きゅうしゅう》で起きている連続児童誘拐事件についてぼやいている。今年に入って、三人の小学生が連れ去られたという。つい最近、福岡県内で一人誘拐された。下校中に起こった事件で、同級生らが目撃していることから明るみになった。いずれも、防犯カメラなどがない田舎の通学路で起こった事件ということらしかった。

「マホちゃんは、大丈夫だよ。しっかりしてるから」

僕は、皿を洗いながら気休めの言葉を吐いた。

「そうは言ってもな。無理やり車に押し込まれたら、抵抗できないだろ」

「必ず誰かと一緒に登下校するように言っとけば？」

「そうだな。明日から学校始まるし、きつめに言っておく」

そう宣言すると、兄貴はコーヒーをぐびっと飲んで席を立った。

テレビの画面をじっと見つめていると、犯行現場を線で結んだ地図が表示された。福岡県、佐賀県、熊本県の三県で起きていることがわかる。指でその線を追いながら、愛島が外れていることに安堵した。

ラズリンが伸びをする横で、マーフィーも伸びをする。全然似ていない親子だけど、仕めにやってきた。

草がそっくりでとても愛らしい。ホールの掃除をしていたら、紫さんがいつもより少し早

「おはよう。ナルくん」

きつくまとめたポニーテールのせいで、紫さんの目がちょっとだけ釣り目になっている。同年代の女の子がよくやるサイドの後れ毛がないのがいい。全部の髪をきゅっと日っ詰めてしまうスタイルが僕は好き。後ろから、細くて白いうなじを見るのも好き。

最近、紫さんの様子がちょっとだけおかしい。一緒に母ちゃんのお見舞いに行ったときに、僕が病室で櫻井さんの話をすると、不機嫌な顔をするのだ。「静かに。ここは病院よ」といった感じで。

それから、櫻井さんが中学の卒業アルバムをみんなに見せたときも、一人だけ輪の中に入ろうとしなかった。学校行事を紹介するページに、僕と櫻井さんが載っていると言われたので見てみると本当に載っていて驚いた。周りが皆、レースの行方に夢中になっている中、僕と櫻井さんだけが神妙な顔で話し込んでいるのが写し出されていた。ほんの一瞬を切り取られただけなのに、自分の記憶を覗いているかのような錯覚に陥った。

足長さんが「美人だねー。こりゃ、モテただろう」とか「ナルくんどうなの？　君たちお似合いだよ」なんて冗談を飛ばしていた。

「こんな写真あったんだ。全然、気付かなかったよ」

「あたしは、すぐに気付いたよ」

「でもさ、手を繋いでるシーンを切り取られなくてよかったな」

「ううん。あたしは、平気だよ」

櫻井さんがきれいにそろった前歯をにっと出して笑う。

「いやいや、恥ずかしいって」否定しながらも、明るく話す櫻井さんを見てほっとしていた。過去のトラウマやコンプレックスが少しでも解消できたなら嬉しい。


「おはようございます」

ふんわりと香るプルメリアが心地いい。

「今日は、忙しくなりそうね」

「ですね。もう、ほとんど予約で埋まってますから、お断りするお客様も多くなるかもしれません」

「明日は店休日よね」紫さんは、確かめるように言う。

「はい。ゆっくり休んでくださいね」

「ねえ、ナルくん、明日、付き合ってくれない？」

「えっ、つ？　ああ……」

僕の体温は一気に上昇して、一気に下降していく。

〝付き合ってくれない？〟の前に〝明日〟がついていたことに数秒遅れて気付いた。勘違いしかけたことを隠すようにヘラヘラと笑ってごまかす。

「いいですよ。買い物ですか？」

紫さんは車の免許を持っていない。大きな買い物をするときに、たまにアッシーとして出動することになっている。ちょっとだけデート気分を味わえるのが、このアッシーの醍醐味。

「ピクニック行かない？」

「はあ」唐突な申し入れに、間抜けな声が出た。ピクニックという単語がいまいち僕の中でピンと来ていなかった。そんなものは、オシャレなカップルがやるものだと思っていたから。

「私がお弁当作るから」

「マジっすか？　えー。それは、僕と紫さんと二人で行くんですよね……」

つい、語尾が小さくなる。嬉しくて舞い上がってしまったけど、まさか兄貴も一緒だなんて展開にはならないだろうなと不安が過る。

「あ、ミナトさんも誘う？」

「いやいやいや、兄貴は明日用事があるって言ってたし」

咄嗟に嘘をついたけど、これくらい許してほしい。

「そう。じゃ、二人で行きましょう」

「やったー」

僕は、人生で初めて両腕を上げて大きくガッツポーズをした。勝負に勝ったアスリートよりも激しく拳を突き上げた。僕のために、僕だけのために紫さんが作った弁当を食べられるなんて……。なんて幸せなんだ。

「ふふふ」紫さんは、拳を鼻の前にくっつけて笑う。

「紫さんのお弁当って、おにぎり系ですか？　サンドウィッチ系ですか？」

「おにぎり系よ」

「てことは、もちろん卵焼きもありますよね」

「もちろん」

「よっしゃー。今日はバリバリ働いてやる」

全身に力がみなぎってくる。ピクニックと遠足ってどう違うんだろうなんて考えながら、トイレの便器をピカピカに磨き上げていった。


予想通り店は常に満席状態で、猫の手も借りたいほどの忙しさだった。当の猫たちは、優雅にのんびりアタ籠の中でお昼寝をしていたけれど。

ようやく落ち着いたのは、四時前だった。まかないを食べる暇もなく、へとへとになりながら時計を見る。もう、お腹がすく感覚を通り越していた。

「夜の予約が全部キャンセルになった」

兄貴がメモを片手に伝えた。

「なんで？」

「あちこち渋滞で、いつ店に着くかわからないらしい」

店の前の通りを数百メートル行くと県道に出る。そこが渋滞となればなかなか厄介だ。他にルートは存在しない。

「じゃ、今夜は近所の常連さんだけか」

「それはそれで大変だぞ。大宴会になってしまう恐れがある」

「やだよ。明日大事な約束があるのに」

「なんだよ、約束って」

「内緒だよ」

「あっそ。ご自由に」

「兄貴、マホちゃんに連絡してみた？」

「いや、それが全然出ないんだよ」

「ＬＩＮＥは？」

「既読もつかない」

「どこか、出かけてるんじゃない？」

「そうかもな。また、後でかけてみるよ」

兄貴は短いため息をつくと、冷蔵庫を開けた。食材のチェックをしながら、時計を見る。

「成留。買い出しに行ってきてくれないか？」

「え？　だって、渋滞なんでしょ？」

「おまえ、バイクがあるだろう」

兄貴が鋭くついてきた。おまえに断る権利などない、という威圧感さえある。

「えー。何買って来ればいいんだよー」と言った後で「いや、行きます。行かせていただきます」と言い直した。

今日の僕は、駄々をこねない。だって、明日の約束があるから。なんだって頼んでくれ。

「はい。じゃ、これメモ。よろしく」

兄貴は首をぐるりと回して、腰を左右に捻った。ばきばきっと関節の音がはっきりと聞こえた。かなり、疲労が溜まっているのがわかる。朝から晩まで厨房に立ち続け、レジの計算やら新メニューの開発をほとんど一人でこなしているのだ。愚痴一つこぼさずに、全て完璧にやりきる姿は尊敬以外の何ものでもない。たまの買い出しをめんどくさいなんて言ったら罰があたる。なんたって、今日の僕のハートは天使モードだから。

「あの、私も一緒に行っていいかしら？」

紫さんが小さく右手を上げる。

「何か、買ってきてほしいものあったら、成留に頼むといいよ」

兄貴が余計なことを言う。せっかく、一人乗りできるチャンスなのに。空気を読んでくれ、と念じるように兄貴を睨んだが、全く気付いてくれなかった。

「バスケットを買いに行きたいんですけど、ついていったらダメですか？」

紫さんは、兄貴の提案には乗らなかった。いいぞ、と僕は小さくガッツポーズをする。

「バスケットってボールの方じゃなくて、籠のバスケットのこと？」

「あ、そうです」

「何に使うの？」

「明日、ピクニックに行こうってナルくんと話してて……」

「へえ。二人で？　いいなあ」

兄貴は、僕と紫さんの顔を交互に見る。余計なこと言うなよ、と心の中で願う。

「ミナトさん、明日用事があるんですよね？」

おいおいおい、と心の中でつっこむ。

「いや、とくには」

あー、やめてくれこの展開。

「だったら、一緒にどうですか？　私、お弁当作るんで」

「本当？　それは、楽しみだな。こういう仕事してると、誰かにご飯作ってもらうのが嬉しくて」

「毎朝、僕が朝食作ってんじゃん」

「おまえの朝めし、カロリー高すぎるんだよ。俺は、朝は茶漬け一杯で十分なんだよ、という僕の嘆きを無視して紫さんに「デザートは、俺が作ろうか」なんて言っている。せっかく、二人きりで行く予定だったのに。

「あ、お願いしていいですか？」紫さん、さっきよりテンション高くないか？　僕と二人より、兄貴が一緒の方がいいの？

「スペシャルなデザートを作ってやるよ」

「なんですかそれー」

僕がいるのも忘れて二人は盛り上がっている。

「じゃ、紫さん行きましょうか。いいよな、行ってきて」

気を取り直して訊いた。明日のピクニックが二人きりじゃないなら、目先のバイク二ケツに全力を注ぐまでだ。

「五時までには戻ってこいよ」

「ああ、ちょっと待って。書き忘れ書き忘れ。はい、よろしく」

「わかったよ」

「じゃ、行ってくる」

投げやりな口調で答えて外へ出ると、冷たい風が頬を撫でた。昼間は暖かいけれど、夜に近づくにつれて気温は下がってくる。特に海辺は風が強くて肌寒く感じる。ガレージに停めていた愛車のスーパーカブを久しぶりに表に出すと、シートに埃が積もっていた。それを指で払い、「ちょっと待っててください」と紫さんを残し、家の中へ入って行った。

廊下を抜け、自室に入る。封印していた桃メットは、押し入れの中だ。去年の夏からずっとここで眠っていた。断られたという現実を忘れたくて隠していたなんて本人には言えないけど。

桃メットを右手に抱え、ＭＡ－１を左手でつかんで外へ出た。

「おまたせしました。急ぎましょう」

「あ、これ」

紫さんが何かを思い出したように呟いて、目を細めた。

「覚えてますか？」

「うん。桃メットでしょ」

よかった、と安堵する。このピンク色のヘルメットを桃メットと名付けたのは紫さんなのだから。

「行きましょう。寒いから、これ羽織ってください」

さりげなくMA－1を渡した。ありがとうという言葉を背中に受けながら、バイクにまたがった。

「今日は、ズボンだから大丈夫よ」

ふふふと笑いながら、桃メットをかぶる。僕は、去年の夏の出来事を覚えていてくれたことが嬉しかった。あの日、紫さんは、スカートを穿いているからという理由でバイクに乗ることを拒否した。だけど、本当の理由はそれではなかった。

――彼女は、「お願い。優しくしないで」と泣きながら訴えた。

「じゃ、しっかり捕まっててくださいね」

紫さんの手が僕のお腹を優しく包む。背中に感じる温かさを噛みしめながら、バイクを走らせた。

渋滞の原因が帰宅ラッシュの影響だけではなく、高速道路で起こったトラブルらしいということは、ホームセンターに入ってわかった。若いカップルがスマホを見ながら話しているのが聞こえた。

「高速道路で男の子が消えたんだって」

確かに、そう聞こえた。消えたとはどういうことだろう。

すぐに、自分のスマホで確認すると、福岡－熊本間のサービスエリアで男の子が忽然と姿を消したという。

「もしかして、あの誘拐事件と関係があるのかしら？」

紫さんが心配そうに画面を覗く。

「うーん。どうですかね」

ネットのニュースによれば、高速道路の出口で検問を行っているという。男の子が誘拐された疑いがあるということか。下道が混めば、おのずと高速道路も渋滞する。それでなくても、帰宅ラッシュで混んでいるのに。

「とりあえず、買い物を済ませないと」

「そうだったわ。時間がないから別行動しましょう」

「わかりました。じゃ、終わったら駐車場集合で」

すぐさま、食料品売り場へ向かった。牛乳と生クリームとキッチンペーパーと……次々に籠へ入れていく。メモには、普段指示されないようなものまで書かれていて厄介だ。

「フリスビーはいったい何に使うんだ？」と愚痴りながら頭上にあるカテゴリーボードを見ながら探していく。おもちゃコーナーで探したが見つからず、百均コーナーでようやく見つけた。

カートを滑らせ、一目散にレジへ向かう。一番早そうなレジ係のお姉さんを見極めなければいけない。並んでいる人の籠の中も観察しつつ、どこへ並べば最短で自分の番が回ってくるのかを考える。ここだーっと思って滑り込んだものの、すぐに隣のレーンの方が早いことに気付いた。並んでいた人数＝お会計をする人数ではない。家族連れやカップルが縦並びになっていたら目算を誤る。しまった、と思ってももう遅い。マーフィーの法則にもあるじゃないか。

『レジに並ぶと自分の列だけが異常に遅い』と。これは、最も有名で共感率ナンバーワンのマーフィーの法則だと思う。

駐車場へ向かうと、すでに紫さんはいた。

「早かったですね」

「うん」

「よく来るんですか？　ここ」

「初めて来たわよ」

「え？　よく見つけられましたね」

ホームセンターとは、無駄に広くて何がどこにあるのか見つけづらいのが特徴だ。ましてや、初めて来たのにバスケットを探してこんなに早く戻ってこられるなんて驚きだ。それに、紫さんの袋の中には割り箸やレジャーシートやウェットティッシュなども入っていた。

「ナルくん、全部自力で探したでしょう」

「はい」

「買い物を早く済ませるコツ知ってる？」

「さあ」

「店員さん見つけたらすぐ訊くのよ。あれはどこですかってこれはどこですかって」

「ええっ」案外、積極的なんだなと驚いた。僕は、店員さんに声をかけるのを躊躇ってしまうのに。

「ナルくん、店員さんに気を遣っちゃうんでしょう。余計な仕事増やしちゃ悪いって」

「はい。店員さんに話しかけるのは最後の最後ですね」

「ふふふ。ナルくんのそういうところいいなあ。さあ、時間がないわ。すぐに、戻りましょう」

シャツの裾を引っ張られる。僕は、今言われたひとことを頭の中で反芻していた。〝そういうところいいなあ〟は、褒められたんだよなと自問自答する。遅くなったことを怒らない紫さんの優しさもじんと沁《し》みた。

桃メットを被った紫さんは、昔の戦隊ピンクみたいで可愛かった。

店に戻ると、扉にｃｌｏｓｅの札がかかっていた。兄貴がミスったのだろうか？　いや、それはない。だって、それは僕か紫さんがやる仕事だから。意図的にそうしたとしか思えなかった。ホールの灯りは落ちていた。何か、嫌な予感がする。

厨房を覗くと、兄貴がスマホを耳に当ててイラついていた。握った手が小刻みに震えている。行ったり来たりうろつきながら落ち着きがない。

「何かあったの？」

「マホと連絡が取れない」

眉間に皺を寄せ、険しい顔をしてスマホを握りしめる。そしてまた耳に当てて、くそっと汚い言葉を吐く。

今朝から一度も連絡が取れなくて心配しているらしい。いつも冷静な兄貴がこんなふうに取り乱すなんて珍しい。

「小学生なんだし、スマホをオフにしたまま気付いてないだけかもよ」

「違う。マホが帰って来ないとヒカルから連絡があったんだ」

「友達と遊んでるだけじゃないの？」

僕は、遊びに夢中で六時を過ぎても家に帰らないことがよくあった。

「その友達がいなくなったんだよ」

動揺しているのか、意味のわからないことを叫んだ。

「どういうこと？　落ち着いて説明してよ」

「今日の昼過ぎ、小学六年生の男の子が広川《ひろかわ》サービスエリアで姿を消した。母親と熊本へ向かう途中だったらしい。男の子の名前は、青柳《あおやぎ》理一くん。例の弁当の子を覚えてるか？遠足の日にマホを泣かせたというガキだ」

「覚えてるよ。え？　その理一くんがいなくなったの？」

「ああそうだ。今、マホの小学校一帯は、理一くん捜しで大変なことになっている。それとどう関係してるかは不明だが、マホも帰ってきてないらしい。今朝、友達と遊んでくると言って出かけたまま連絡が取れないらしい」

「らしいらしいって、どういうこと？　全然わからないよ。そもそも、マホちゃんが遊んでいた相手は理一くんなの？」

「違う。近所の女の子らしい。だけど、午前中には別れたということだ」

「じゃ、理一くんとは関係ないんだよね？　だって、マホちゃんは家の近所で遊んでたんだから」

「そうなんだけど、だったらどうしてマホは帰ってこないんだ？」

兄貴の視線の先には、西日本新聞があった。連日のように報道されている記事が目に飛び込んできた。今朝も、ニュースで見た忌まわしい事件。

――連続児童誘拐事件――

「まさか。あの事件とは関係ないよ」

否定せずにはいられなかった。連休の最終日、帰宅ラッシュで慌ただしいサービスエリアを狙う。よくできたシナリオだ。理一くんはともかく、マホちゃんは違うだろう。

「どうしてそんなことが言える？　犯人は、まだ捕まってないんだぞ。二人とも誘拐された可能性だってある」

兄貴は、声を震わせながら言った。

「よく考えてよ。マホちゃんと理一くんは別々の場所にいたんだよ。別々に誘拐した子供が、たまたま同じクラスの男の子と女の子なんてありえないでしょ」

僕は、すぐさま兄貴の考えを否定する。

「計画的な犯行かもしれない」

「どんな計画だよ。冷静に考えてみて。二人を誘拐する動機は？　なんの目的がある？」

「そんなのは犯人にしかわからない。二人とも必要だったのかもしれない。過去の誘拐事件の手口に、同じくらいの子供を同行させ、安心させて車に乗せるというものがあった。もし、その手口を真似たのならば、理一くんとマホを誘拐することは犯人にとって有効かつ重要なことだったと考えられる」

兄貴の知識の豊富さが逆に不安を煽ってしまっている。

アンジェリーナ・ジョリー主演の『チェンジリング』という映画で観たことがある。あれはたしか、ゴードン・ノースコット事件を基に作られた作品だ。犯人は、自分の従兄弟《いとこ》を同行させ、同じくらいの少年たちに声をかけ、安心させたところで車に乗せていく。歴史に名を残す凶悪犯罪として有名である。

「ちょちょちょっと待って。兄貴の考えはわかるよ。でも、今回の事件に関してはそんな手口が用いられたなんて報道は一切ない。それに、誘拐された子供たちは、全員赤の他人だ。誘拐された場所も違う。なんの接点もない。だから、計画的な犯行とは考えにくい」

僕は、ゆっくりと兄貴の目を見て説明した。もう少し、冷静になれという思いを込めて。

「そうよ。一連の事件と今回の事件が繋がっていると考えるのはよくないと思うわ」

紫さんが腕を組み、思慮深い顔で言った。

「そう思いたいけど……」

兄貴は、力なく呟いた。今朝情報番組で見たせいもあるだろう。見ていて心配になるくらい、元気がない。さっきまで、厨房を忙しなく動き回っていた人間とは思えない。

「紫さんの考えを聞かせてよ」

兄貴を落ち着かせるためには、僕だけの考えではダメだと思った。

「だって、犯人は今まで下校途中の小学生ばかりを誘拐してるのよ。しかも、防犯カメラなんてない田舎のスクールゾーンをわざわざ狙って。今回の理一くんは、サービスエリアでいなくなったのよね。そんな目立つ場所で犯行に及ぶかしら？　小さい子供ならまだしも、小学六年生でしょ。理一くんが嫌がったりしたら、誰かが気付くと思うのよね」

紫さんの考えはよくわかる。だけど、今まで起こった誘拐や連れ去り事件の例を見ても、大胆不敵な行動パターンはよくある。一貫性のない犯行もままある。今までの傾向と違うからといって、今回の事件が関係ないとは言い切れない。ただ、兄貴を不安にさせてしまいそうなので、このことは口に出さなかった。

そこで、電話がかかってきた。元奥さんからのようだ。

「マホは？　それで？　男の子は？　うん……」

電話を切ってため息をつくと「うああー」と唸るように叫んだ。

「何かわかったの？」

「特に進展はないらしい。一つわかったのは、サービスエリアの駐車場の防犯カメラに怪しい人物は写ってなかったということだ」

「それはつまり、無理やり車に乗せようとしている人物などが写ってなかったってこと？」

「ああ。そういうことなんだろう」

答えるのも煩わしいと言わんばかりに、兄貴は頭を抱える。理一くんの情報よりもマホちゃんの情報がほしいのだろう。スマホを握りしめて祈るように歯をくいしばった。

「全然関係ないかもしれないけど、いいかな」

　僕はふと思いついたことを話しだした。

「小学校の頃、母ちゃんと映画館に行ったときのことなんだけどさ。上映のちょっと前に同じクラスの子に会ったんだ。おーって盛り上がって、じゃあ一緒に観ようかってそのままその子の席の隣に座ってさ、母ちゃんにはジェスチャーで「こっちで観る」って伝えて手を振ったんだ。そしたら帰る頃になって母ちゃんとはぐれてしまって、仕方ないからその子の親の車で一緒に帰ることにした。僕は友達と遊ぶことに夢中で連絡しなきゃいけないなんて全然考えてなかったんだよね」

「覚えてるよ。おまえが四年生ぐらいのときだろ？　母ちゃんは、相当心配してたけどな。当時連絡網なんてないし、仲よくしてるママ友でもなければ相手の連絡先なんかわからないしな」

「そう。そうなんだよ。つまり僕が言いたいのは、理一くんはサービスエリアで誰か知ってる人に会ったんじゃないかな。それで、そのまま車に乗ってさ……」

　言いながら、ちょっと無理があるかなと思い始めた。

「さすがにないだろ。帰宅途中ならともかく、熊本へ向かう最中に、友達の家の車には乗らないだろう。相手の親だって、勝手に乗せていくなんてことはしないだろうし」

「そうだよな」

「どこに行っちゃったのかな、理一くんとマホちゃん」紫さんが呟く。

「もう一度よく考えて。まだ、二人が一緒かどうかも定かではないんだよね。とりあえず、まとめてみよう」

僕は、根本的な問題を考えなければいけないと思い、ペンを取り、紙に書き込んでいく。

・マホちゃんは近所の友達と遊んでくると出かけたまま帰ってきていない
・理一くんは、母親と熊本へ行く途中、立ち寄ったサービスエリアで行方不明
・福岡、佐賀、熊本の三県で起こった誘拐事件の犯人はまだ捕まっていない

僕は、事実だけをメモに記した。

「ちょっと俺、もう一回電話かけてくる」

兄貴は、背中を向けた。

「ねえ、ナルくん。ミナトさんは今、冷静な判断ができなくなってると思うの。私たちが解決するべきじゃないかな」

紫さんの思いはわかる。だけど、これは僕たちに解決できることなのか？

「でも、警察がこれだけ捜査を続けているのにまだ犯人捕まってないんすよ。そう簡単じゃないと思います」

「何言ってるの？　連続児童誘拐事件を解決するんじゃないよ。マホちゃんと理一くんを見つけるのよ」

「あ、そっか。そうですよね。なんか、頭がごちゃごちゃしちゃって。てことは、三つのことは別々の案件として考えればいいんすよね」

「ううん。そうじゃない。でも、理一くんがいなくなったことと、マホちゃんがいなくなったことはリンクしてると思うの。だって、お弁当を受け取ってもらえなくて泣いてたんでしょ？　きっとマホちゃんは理一くんのことが好きなんだよ。その二人が同時にいなくなったのよ。何かあるって考えるのが自然じゃないかしら」

　紫さんは、力強く言い放った。

「でも、小学生ですよ？」

「あら、ナルくん。最近の小学生をわかってないわね。ませてるんだから」

「しー。兄貴に聞こえたら大変ですよ」

　人差し指を口に当てる。

「ナルくん、こっちに来て」

　紫さんは僕をホールへ促す。「座って」と言われ、四人掛けのテーブルに向かいあって座った。なんだか、緊張する。

「……」至近距離で、こんなふうに見つめられるのは初めてだ。

「マホちゃんと理一くんの関係を詳しく教えてほしいの。お弁当事件のこと、もっと詳しく教えて。まずは二人のことを知らないと謎は解けないと思うから」

そういえば、兄貴がマホちゃんをここへ呼びだして弁当の件についての真相を問いただしたとき、紫さんはいなかったんだ。あとで、かいつまんで報告しただけだったことを思い出した。

「ええと、理一くんのお母さんはシングルマザーなんです。お父さんが誰かわからないらしくて、そのことが原因でどうも親と揉めてるみたいなんですよ。つまり、理一くんのおじいちゃんとおばあちゃんに認めてもらえてない状態っていうんですか……あ、」

そこで、あることに気付いた。

「どうしたの？」

「福岡から熊本に行ってる途中だったってことでしたよね？」

「うん。ミナトさんはそう言ってたわね」

「マホちゃんの話によると、認めてもらえるように何度も熊本のおじいちゃんの家に行っていたということでした。今回も、熊本の実家に行こうとしてたんすかね？」

「門前払いは辛いわよ。行っても玄関で追い返されるんだから。それなのに子供連れて行くんでしょ？　大変だと思うわ」

「そうか。理一くんは、行きたくなかったんだ。自分のお母さんが辛い目に遭っているのを見たくなかった。だから、わざとサービスエリアで迷子になったんだ」

絡まった糸が解けるような快感があった。

「うんうん。そうよ。男の子にとって母親って特別な存在だもんね。ましてや父親がいない家庭だったらなおさら大切に思ってるはず。自分が守ってあげなきゃって思うはず。ということは……」

紫さんがクイズを出すかのような言い方で僕に答えを求めてくる。

「かくれんぼ」

意気揚々と答えた。僕が少年だったらきっとそうするだろう。

「どこに?」

「トイレ」

「私もそう思う」

僕たちは、案外簡単に答えが導き出せたことに興奮してハイタッチをする。

「じゃ、マホちゃんは?」

今度は僕が出題者となる。

「きっと、理一くんがいなくなったという騒ぎを聞いて、あちこち一人で捜し回ってるんじゃないかしら。うん、きっとそうよ」

そっか、と妙に納得した。これ以上にないくらいスマートな推理だったと思う。僕は、厨房に戻って兄貴に伝えた。

「兄貴、理一くんはサービスエリアのトイレに隠れてると思うよ。もしくは、掃除用具入れに」

「バカかおまえは。そんなところは、警察が一番に調べてるに決まってるだろ。子供が隠れるところなんてたかがしれてるだろ」

兄貴につっこまれて、僕と紫さんはうつむく。指摘されてその通りだなと思った。子供がいなくなったとわかった時点でトイレを捜すのは当然だ。

「でもさ、理一くんは自分の意志でいなくなったんだと思う。たぶん、お母さんの実家に行くのが嫌だったから。マホちゃんが話してたことを思い出したんだよ。何度も何度も行ったけど認めてもらえなかったって。これは、自信がある」

僕と紫さんの考えを兄貴にわかってほしくて熱弁をふるった。

「どうやら、それが認められたみたいだぞ」

「ん？　どゆこと？」

「理一くんは、熊本に転校することが決まっていたらしい。つまり、母親は両親に認めてもらえたということなんだろう。さっき、ヒカルから電話があったときに聞いた」

「転校かあ。それが嫌で逃げちゃったのかな」僕は、L字形にした指を顎に持っていく。

「自信満々に推理してるところ悪いけど、今、マホの小学校で保護者説明会があったそうだ。二人の児童が誘拐されたのではないかと大騒ぎになっているらしい」

　兄貴の声はか細くて力がなかった。無理もない。駆けつけたくても渋滞でどうしようもないのだから。ここで、ただ連絡を待つだけでは気がおさまらないだろう。

「兄貴、僕のバイクで行ってきたら？　アホちゃん家までなら、三十分くらいで行けるはずだから」

「後、頼んでもいいか？」

「大丈夫だよ。行ってきなよ。ここにいるよりはマシだろ」

「じゃ、頼む」

　僕は、ポケットから鍵を取り出すと兄貴に渡した。紫さんと二人で祈るような思いで見送った。どうか、見つかりますようにと。

　冷蔵庫のモーター音だけが聞こえている。いつかのあの日も、ここで紫さんと二人きりになったのを思い出した。

「お腹、すきませんか？」

　気付けば、七時を過ぎていた。辺りは真っ暗で、海はとても静かだった。

「うん」

「こんなときにメシ食ってる場合かって兄貴に怒られそうですけど、僕お腹すいてると頭働かないんすよ」

「ふふふ。私も」

「簡単なものだったら、僕作れますよ」

「ほんとに？　じゃ、一番得意な料理をお願いしようかな」

「チャーハンとかでもいいっすか？」

「うん」

満面の笑みを真正面から受ける。

冷蔵庫を開け、何かいい食材はないかと物色する。僕は、余りものでご飯を作るのがけっこう得意な方なんだ。店で廃棄処分となるものは、僕のお腹に流れ込んでくるから、少しでも美味しいものをと思って作り始めたのがきっかけだった。

野菜室からネギを取り、ニンニクも使おうかと考える。ガーリックチャーハンもいいけど、店のメニューにあるものはあえて作らない。兄貴と比較されたら絶対に勝てないのがわかっているから。

厨房を見回していると、未開封の箱を見つけた。熨斗《のし》には、直角と書かれている。先日のデートのお礼ということでいただいたのを忘れていた。中身は、海の幸を瓶詰にしたセットだった。たしか、直角さんは水産加工工場で働いていると言っていた気がする。

「塩辛使ってみようかな」

瓶詰を開封して匂いを嗅ぐ。独特の臭みと磯の香りがたまらない。これをネギと一緒に炒めよう。フライパンに油を多めに引き、刻んだニンニクとネギを入れて炒める。そこにイカの塩辛とご飯を豪快に混ぜる。醤油を鍋肌から回し入れて香りを立たせる。紫さんが見てるのでいつもよりフライパンの煽りを大袈裟にやってみせた。

「おー。すごい」という期待通りの反応が嬉しくて調子に乗っていたら、卵を入れるのを忘れたことに気付いた。まあいいか、と皿に盛る。一旦茶碗によそって、大皿の上にひっくり返す。そこで、はっと閃いた。ご飯の真ん中にちょっとくぼみをつけて温玉を落とした。最後に刻み海苔をかければ完璧だ。二人分をカウンターに置くと、紫さんが「美味しそう」と声を弾ませた。

「食べましょう。腹が減っては謎は解けぬ、ですよ」

「いただきます」

美味しくできてますようにと祈りながら一口頬張った。

「うんうんうん。美味しい」

紫さんが笑顔で頷く。きっと、お世辞抜きの反応だろう。我ながらよくできたと思う。

塩辛そのものが美味しいから誰が作っても美味しくはできるんだけど、というのは秘密にしておこう。

「ミナトさんから連絡ないわね」

「マホちゃんにかぎってって思うのは無責任ですかね」

「ううん。私もそう思う。きっと大丈夫。信じよう」

「もう一度、よく考えてみましょう」

メモを見つめる。しかし、何も閃かない。

「ねえ、テレビ観られないかしら？　何か、新しい情報がわかるかも」

「じゃ、うちで観ましょうか」

店にテレビは置いてない。棚から牡丹餅《ぼたもち》というかなんというか、とても自然な流れで紫さんを家に招き入れることができて、こんな状況だけど一人ドキドキしていた。上がり框の手前で靴を脱ぎ、居間に入る。

「適当に座ってください」

言いながらリモコンを手に取る。こんな時間にニュースなんてやってるだろうかと心配になる。そもそも、ニュースに取り上げられているかどうかさえわからない。

全チャンネルチェックしたけど、どこも放送していなかった。

「やっぱり、やってないか」

紫さんはため息まじりに呟く。

「新聞は？　朝刊にはなくても夕刊には載ってるんじゃない？」

「持ってきます」

慌てて店に戻って夕刊を手に取り、ダッシュで居間に滑り込む。

「どこですかね？」

二人で見出しを見ながら探す。

「あー。これこれ」

紫さんが指した記事を見る。ぶつぶつ読み上げながら確認してみたが、これといった情報は載っていなかった。載るなら、明日の朝刊だろう。

「とりあえず、この事件とは無関係だってことがわかればちょっとは安心できない？」

「まあ、そりゃそうですけど」

理屈はわかるけど、それをどうやって証明すればいいかなんて皆目見当がつかない。

「もう一度メモしていきましょう。はい、このチラシの裏にわかっていることを書いていきましょう。きっと、何かヒントが見つかるはずよ。じゃ、真ん中に線を引いて」

紫さんの指示に従い、真ん中に線を入れる。

「こっちが連続児童誘拐事件のこと、で、こっちが理一くんとマホちゃんのことね」

「はい」

わけがわからないので言われるがままだ。

「新聞によれば、犯行場所は福岡、佐賀、熊本の三県で……。これ通りに地図描いて、まず三点を結ぶ。それから、実際に起こったとされている場所を丸してみて。全部で五ヶ所か……。児童の学年は三年生、四年生、一年生……。じゃ、こっちは六年生って書いといて」

紫さんが何をまとめようとしているのかさっぱりわからない。

「犯人の特徴が書かれてるわ。三十代から五十代くらいの中肉中背の男性で、ジャージに帽子にめがねか。もう、こんな人たくさんいるわよ。他に特徴的なこと書いてもらわないと困るわね。あ、白いセダンに乗っていたという情報があるわ」

紫さんが言っている横で、僕はネットの記事を読んでいた。SNSや掲示板などに書き込まれたもので、正式な捜査情報ではない。公にはなっていない情報「タレコミ」もあるかもしれないと期待して見ていた。

一人の男が容疑者として浮上しているとの情報が載っていた。ただ、男の車は黒であることや、事件当日のアリバイなどから容疑者から一旦外されたとのことだった。書き込みを辿ってみると、容疑をかけられた男がSNSに自分ではないと反論したことから、取材をすることになったという経緯が書かれていた。もちろん、新聞にはまだ載っていない情報だ。ネットには、自称ジャーナリストという輩が山ほどいる。

「これ、どう思います?」

ネットの記事を紫さんに見せた。うーん、と唸りながらスクロールしていく。

「怪しい情報ね」

「前科持ちってことで疑われてるそうです」

容疑をかけられた男は、犯行時間には、自分で高速道路を運転していて、スピード違反で捕まったと主張している。そのことを証明するために、わざわざ反則金の納付書と青キップとETCの利用明細書を公開している。男がそこまでして訴える意味が僕には理解できない。もし、自分が何かの容疑をかけられたら、じっと耐え忍んで潔白が証明されるのを待つだろう。

「でも、この書き込みをした人物も怪しいわ。警察を混乱させたいとか、事件に便乗して有名になろうとかそういう目的の場合もあるから」

「そうなんすよね。これが信用できる記事かどうかはわからないですね」

言いながら、力が抜けていくのがわかった。記事が嘘なら、元も子もない。

「でも、一つ気になるのは高速道路という単語ね」

「え？　どういうことっすか？」

「だって、理一くんがいなくなったのはサービスエリアでしょ。この男は高速道路でスピード違反をして捕まったと主張してる。見て。同じ、九州自動車道なのよね。私、土地勘ないからよくわかんないけど、近いんじゃないの？」

「確かに、高速道路という共通点はありますけど、誘拐はしていなかったでしょう。だって、スピード違反で捕まったのであれば車の中を確認されるはずですから」

「でも、警察だって、わざわざトランクは見ないでしょ？　誘拐した子をトランクに乗せて走っていた。早く逃げたいという思いから、スピード違反をしたって考えられないかしら」

紫さんは、物騒なことを言う。

「仮に、この書き込みが正しかったとしても、犯行現場にこの男が現れるのは無理です」

「どうして？」

「男は、それを証明するために、青キップとETCの利用明細書の画像を載せてるんですよ。ここに、時間と場所が書かれてますよね」

「ん？　このこと？」

車に乗らない人にはピンと来ないかもしれないが、決定的に無理なのだ。なぜなら、男は時間という壁に守られているから。

「ETCの利用明細書には高速道路は入った時間と出た時間が記載されるようになってます。この男は、犯行時間にはすでに高速道路に入ってるのが証明されてます。だから、瞬間移動でもしない限り犯行現場には行けないんですよ」

「ん？」

紫さんは、利用明細書と新聞を見比べている。

「誘拐された時間がおよそ十六時から十六時半頃。男が高速に入った時間が十五時で、出た時間が十七時半。犯行時刻には高速道路内にいたことが証明されています……」

更に丁寧に説明をした。車の免許を取っていてよかった。去年までの僕なら絶対にわからなかった。

「そうなんだ。でも、地図上はどうなの？　行ける距離なの？」

なぜか、紫さんは地図にこだわる。

「まあ、そんなに遠くはないですよ。スピード違反した場所が八女《やめ》あたりで、小学生が誘拐された場所が久留米なので」

「瞬間移動は無理でも裏技とかあればできるかもよ。例えば、車を二台使うとか」

「車二台ですか？　それって、共犯者がいるってことですか？」

「そうじゃなくて、乗り換えるのよ。だからね、例えばここと ここが――」

紫さんは、ある可能性について話し始めた。

そんな裏技聞いたことないぞ、と首を傾げたが、大学の仲間と熊本までドライブに行ったときのことを思い出した。あのときはまだ免許を持っていなかったので、後部座席でわいわい騒ぐ係に徹していた。

確か、途中で合流してきたやつがいた。母親に送ってきてもらったとか言っていた気がするが、いまいち思い出せない。

「ねえ、理一くんがいなくなったサービスエリアはどのあたりなの？」

紫さんが地図を指して訊いてくる。

「ええと、この辺りですかね」広川サービスエリアを指す。

「じゃ、男がスピード違反で捕まった場所は？」

「ここです……」言いながら、ぞっとした。

「ちょっと、これってもしかして……」二人で顔を見合わせる。

どうして今まで気付かなかったんだろう。男がスピード違反で捕まった八女と、理一くんがいなくなった広川と、小学生が誘拐された久留米は非常に近い。久留米市の隣が八女市で、広川は久留米と八女の間にあり、八女郡と表記される。

そこで、再びペンを手に取った。これまでに書いたことを整理する。

サービスエリア。小学生。誘拐。転校。シングルマザー。お弁当。マホちゃん。理一くん。高速道路。久留米。広川。八女。福岡。熊本。スピード違反。瞬間移動。車二台。裏技。白い車。黒い車。合流。犯人。ＳＮＳ。

単語を丸で囲んだり線を濃くしたりして、パズルを組み合わせるように繋げていく。それでも出てこない。

そのとき、なぜか必死に、ドライブに『合流』してきたやつの名前を思い出そうとしていた。たしか、商学部の……。出てこないから、電話をした方が早い。同じゼミの山田にかけた。

「あのさ、去年の秋頃、熊本にドライブ行ったの覚えてる？　──あ、そうそう。そのときさ、途中で合流してきたやついたじゃん──ああ、そんな名前だったっけ。でさ、そいつは、どうやって合流したんだっけ？　一般道から？　そんなことできんの？　わかった。ありがとう」

山田は合コンの途中らしく、けっこう酔っぱらっていたけど記憶はしっかりしていたので大丈夫だろう。どうやら、一般道からサービスエリアに入ることができるらしい。

検索したら『ウェルカムゲート』というものが出てきた。高速道路に入らずに、サービスエリアの施設を利用することができるらしい。おそらく、合流してきたやつは、そのウェルカムゲートを通ってやってきたに違いない。

「紫さん、見えてきましたよ。裏技があったようです」

「え？　瞬間移動？」

「さすがにそれは無理ですけど、車は二台必要です。男の目的はアリバイ作りです。まあ、仮説ですけど、犯人はまず九州自動車道に入ります。福岡方面から熊本方面へ車を走らせる。広川サービスエリアまで車を飛ばす。駐車場に車を置き、ウェルカムゲートを使って外に出る。予め用意していた白い車に乗り換え、下校中の子供を誘拐する。レンタカーか何かを利用したのでしょう。おそらく、これが目撃証言にあるセダンだと思われます。トランクの中に子供を隠し、そしてまた、ウェルカムゲートを使って今度はサービスエリアに入って駐車場に停めておいた黒い車に乗り換える。高速道路を走るが、急いでいたものだから、スピード違反で捕まってしまう。これは、想定外のことだったのでしょう。しかし、男は、咄嗟に考える。警察官をアリバイに利用しようと。そして、怪しまれたらそのときの青キップとETCの利用明細の時間を見せればいいと。何食わぬ顔で熊本方面へ車を走らせ、高速を降りたら今度は下道でまた広川に戻る。そして、隠していた子供を黒い車に乗せて自分の家、もしくはアジトに帰っていくというわけです。後ほど白い車は回収のタクシーもしくは、高速バスを利用すれば可能です」

説明しながら、こんなめんどくさいことするぐらいなら誘拐なんてしなければいいのにと思った。あくまでも仮説であって、実際のところはわからない。

「紫さん、事件は繋がっていたけど、繋がっていなかったんです」

「ごめん。全然わかんない」

「とにかく、犯人はめんどくさい方法を使って誘拐を成功させたってことです」

地図を見て確信する。福岡、佐賀、熊本、それぞれのウェルカムゲートを利用した犯行だろう。調べたところによれば、西日本だけでも七十七ヶ所のウェルカムゲートが存在するらしい。

「結局、理一くんは誘拐ではないってこと？」

「おそらく。理一くんは、ウェルカムゲートを使って逃げ出した」

「どこに？」

「たぶん、マホちゃんのところに」

「根拠は？」

「恋心」照れながら言った。

そこへ、兄貴から電話がかかってきた。


翌日、兄貴はなんともいえない表情で厨房に立っていた。

「まだ、怒ってるの？」カウンターに座って話しかける。

「怒ってねぇよ」

不機嫌なのは明らかだった。

昨夜の電話でマホちゃんの無事が知らされた。そのとき僕は、ある仮説について話した。

紫さんと二人で導き出した連続児童誘拐事件の推理を興奮しながら伝えた。

「どうでもいいよ、そんなこと」

すでに、兄貴の機嫌は悪かった。

「近くに、警察の人いるんだろう？　ちょっとさ、話してみてくれない？」

「いいよ。今それどころじゃないんだから」

「マホちゃんと同じくらいの子供が誘拐されてるんだよ。他人事《ひとごと》じゃないよ。助けたいだろう。ダメ元でいいから話してみてくれよ」

僕は、必死で説得した。その後、兄貴は警察に事情を説明することになった。マホちゃんとの感動の再会を噛みしめる間もなく、パトカーに乗せられたらしい。僕の仮説を説明するために。最初は、なかなか信じてもらえなかったらしいが、だんだんヒートアップしていった兄貴は理詰めで警察官を黙らせた。

そこからの怒涛《どとう》の展開はすごかった。犯人逮捕の瞬間が実況中継されるなど、日本中がテレビにくぎ付けになった。男の家の地下から、五人の小学生が見つかった。監禁されていたらしい。

今朝のワイドショーは、どれもそのニュースで溢れている。当たり前だけど、どんなに捜しても僕の名前はなかった。もちろん兄貴の名前もない。

『お手柄は、水城兄弟です』なんて、テレビで報道されるんじゃないかと少し期待していたけれど、そんなドラマチックなことは起こらない。

これでいいんだ。子供たちが無事に見つかったのならば。

兄貴は、ピクニックに持っていくデザートの準備に忙しい。

「で、理一くんはなんでサービスエリアから脱走したの？」

僕は、兄貴に訊く。この質問、何度目だろう。

「言いたくねぇな」

兄貴は、言い渋る。大方の予想はついていた。二人一緒に発見されたという報告を受けたときに、やっぱりと頷いたものだ。

「いいから、早く教えてくれよ。じゃ、マホちゃんに電話して直接訊こうかな」

「やめろ。マホとあのガキの話をするな」

「じゃ、教えてよ」

僕は、つめ寄る。

「急に、熊本に転校することが決まって、マホに礼を言えなかったのが心残りだったんだって。それで、バスと電車を乗り継いで、愛島まで帰ったらしい」

すごいな、と呟いた。

「そんなことのために何人の大人を心配させたと思ってんだよ。バカたれ。弁当作ったのは俺だっつーの。そもそも食ってないんだから、礼なんていらないんだよ」

いつになく、愚痴が溢れ出す兄貴は滑稽で可愛かった。娘のことになるとてんでダメだ。

「そっか。小さな恋心か」

背後から現れた紫さんが優しく微笑む。

そこへ、マーフィー親子が駆け寄っていく。

兄貴はサンドメーカーをひっくり返しながら、「ちきしょー」と叫んだ。

『父親とは娘の恋人がどんな相手であっても気に入らない』byマーフィーの法則」

僕は、ちょっとからかうような口調で言った。

「は？　なんだよそれ」むすっとした表情で兄貴が睨みつける。「だいたいな、あいつらは恋人同士でもなんでもないんだぞ。ただの小学生なんだ。それにな、あのガキは転校するんだ、だから――」

兄貴の言葉を聞きながら、僕と紫さんは目を合わせて笑いを噛み殺していた。

「で、それは何を作ってるのかしら？」

紫さんが、話題を変えた。

「ホットサンド」

「兄貴は、デザート担当じゃなかったっけ？」

「スペシャルなデザートだって言っただろ？」

ん？　なぜ、サンドメーカー？

「じゃあ、それができたら行こうよ」

「いや、俺はいかない。おまえたち二人で行ってこい」

「なんで？」

「今日は、一人でいたい気分なんだよ」

子供みたいに、拗《す》ねている。

「やったー」僕は、ガッツポーズをする。今日は、紫さんとデートだ。

「できたぞ」

兄貴の手元には、保温容器に色とりどりのフルーツサンドが並んでいた。

ラフランスとカマンベール。バナナとキャラメル。リンゴとカスタード。

どれも、甘いホットサンドだった。

「美味しそう」

僕と紫さんの声が重なる。

「一つ食べてみるか？」

兄貴が差し出す。

僕は、あっつと言いながらホットサンドにかぶりついた。卵とバターたっぷりのブリオッシュ生地のパンにとろりと甘いラフランスが広がる。噛みしめると、チーズのしょっぱさがやってくる。

あまくてしょっぱい初恋みたいな味がした。

僕と紫さんは、お弁当を持って車に乗り込む。
さて、と気合が入る。
今日こそは決めてみせよう。
僕の気持ちを紫さんに伝えるんだ。

あとがき

こんにちは。『海辺のカフェで謎解きを～マーフィーの恋の法則～』いかがでしたか？

「念願のシリーズものが書ける！　やったー！」と最初は浮かれていたのですが、打ち合わせ段階で頭を抱えました。続編ってどこから書き始めればいいの？　紫さんはどうするの？　『男はつらいよ』みたいに毎回マドンナ変えるパターンでいく？　卵料理がメインのカフェ？　マーフィーの法則に絡めたオチって？　ｅｔｃ……。

自分で決めたルールに縛られてしまい、どうすればいいか全くわかりませんでした。

ちょうど年末の忙しい時期で、〝原稿の締切が近いときに限って他の仕事も忙しくなる〟というまさにマーフィーの法則状態でした。

「ごめん。締切間に合わなそうだから、自習して」と学生さん（専門学校の講師をしております）にお願いしたのを思い出します。みんなごめんよ～。

その時の学生さんの反応でわかったんですけど、〝マーフィーの法則〟が意外と世の中に知られていないことに驚きました。最近の若い子は知らないのか？　なんて思ったりもしたんですけど、同世代の人でも知らない人はけっこういましたね。

説明すると、「あるあるネタか」って納得してくれますが、すんなり「なるほどっ。それを物語にするのか。おもしろそうだね」とはならずちょっとがっかりしたものです。

そういえば、『花束みたいな恋をした』でマーフィーの法則が出てきたんですけど、ご覧になった方、気づきましたか？　〝トーストを落としたとき、バターを塗った面が～〟というくだり。まだ観てない人は是非チェックしてみてください。

さて最後に、私の最近のお気に入りの朝食をご紹介したいと思います。

～マーマレードとクリームチーズのクロスティーニ～

なんだか気取った名前してるけど、レシピはとっても簡単です。お好きなマーマレードと、１センチ角に切ったクリームチーズとオリーブオイルを混ぜたものをカリッカリに焼いたフランスパンの上に載せるだけ。(配分はお好みで。私は、オリーブオイル少な目にしてます）ペースト状に混ぜてしまっても美味しいと思います。クラッカーに載せておやつとして食べるのもいいかも。二週間くらいなら、瓶に入れて冷蔵保存できるので、よかったら作ってみてください。ちょっとオシャレな気分で一日のスタートを切れますよ。

それではまたお会いできる日までごきげんよう。

最後までお読みくださりありがとうございました。

令和三年二月　悠木シュン

ことのは文庫

海《うみ》辺《べ》のカフェで謎《なぞ》解《と》きを
～マーフィーの恋《こい》の法則《ほうそく》～

2021年4月26日　初版発行

著者　悠《ゆう》木《き》シュン
発行人　子安喜美子
編集　佐藤　理
印刷所　株式会社廣済堂
発行　株式会社マイクロマガジン社
URL：https://micromagazine.co.jp/
〒104-0041
東京都中央区新富1-3-7 ヨドコウビル
TEL.03-3206-1641 FAX.03-3551-1208（販売部）
TEL.03-3551-9563 FAX.03-3297-0180（編集部）

本書は、書き下ろしです。
定価はカバーに印刷されています。
本書の無断複製は著作権法上での例外を除き禁じられています。
本書はフィクションです。実際の人物や団体、地域とは一切関係ありません。
ISBN978-4-86716-129-6　C0193
乱丁、落丁本はお取り替えいたします。
©Shun Yuki 2021
©MICRO MAGAZINE 2021 Printed in Japan